現代創作叢刊
17

白金的女體塑像

穆時英 著

現代書局 版

目次

自序

人生是急行列車，而人並不是舒適地坐在車上眺望風景的假期旅客，却是被強迫着去跟在車後，拚命地追趕列車的職業旅行者。以一個有機的人和一座無機的蒸汽機關車競走，總有一天會跑得精疲力盡而頹然倒斃在路上的吧！

我是在去年突然地被扔到鐵軌上，一面回顧着從後面趕上來的，一小時五十公哩的急行列車，一面用不熟練的脚步奔逃着的，在生命的底線上遊移着的旅人。二十三年來的精神上的儲蓄猛地崩墜了下來，失去了一切概念，一切信仰；一切標準，規律，價值全模糊了起來；於是，像在彌留的人的眼前似地，一想到『再過一秒鐘，我就會跌倒在鐵軌上，讓列車的鋼輪把自己輾成三段的吧』時，人間的歡樂，悲哀，煩惱，幻想，希望……全萬花筒似地聚散起來，播搖起來。在筆下就漏出了收在這本集子裏邊的，八篇沒有統一的風格的作品。爲了紀念自己生活上的變遷，我把這八篇零落的東西彙印了。

一九三四，五月，卅一日。

白金的女體塑像

外七篇

白金的女體塑像

一

六點五十五分，謝醫師醒了。

七點：謝醫師跳下牀來。

七點十分到七點三十分：謝醫師在房裏做着柔輭運動。

八點十分：一位下巴刮得很光滑的，中年的獨身漢從樓上走下來。他有一張清癯的，節慾者的臉；一對沉思的，稍含帶點抑鬱的眼珠子；一個五尺九寸高一百四十二磅重的身子。

八點十分到八點二十五分：謝醫師坐在客廳外面的露臺上抽他的第一斗板煙。

八點二十五分：他的僕人送上他的報紙和早點——一壺咖啡，兩片土司，兩隻煎蛋，一隻鮮橘子。把咖啡放到他右手那邊，土司放到左手那邊，煎蛋放到盤子上面，橘子放在前面，報紙放到左前方。謝醫師綴了一綴眉尖，把報紙放到右前方，在胸脯那兒劃了個十字，默默地做完了禱告，便慢慢兒的吃着他的早餐。

八點五十分，從整潔的黑西裝裏邊揮發着酒精，板煙，炭化酸，和咖啡的混合氣體的謝醫師，駕着一九二七年的 Morris 跑車往四川路五十五號診所裏駛去。

二

「七！第七位女客……謎……？」

那麼地聯想着，從洗手盆旁邊，謝醫師回過身子來。

窄肩膀，豐滿的胸脯，脆弱的腰肢，──纖細的手腕和腳踝，高度在五尺七寸左右，裸着的手臂有着貧血症患者的膚色，荔枝似的眼珠子詭秘地放射着淡淡的光輝，冷靜地，沒有感覺似地。

（產後失調？子宮不正？肺癆，貧血？）

「請坐！」

她坐下了。

和輕柔的香味，輕柔的裙角，輕柔的鞋跟，同地走進這屋子來坐在他的紫薑色的板煙斗前面的，這第七位女客穿了暗綠的旗袍，腮幫上有一圈紅暈，嘴唇有着一種焦紅色，眼皮黑得發紫，臉是一朵慘淡的白蓮，一副靜默的，黑寶石的長耳墜子，一隻靜默的，黑寶石的戒指，一隻白金手錶。

『是想診什麼病，女士？』

『不是想診什麼病；這不是病，這是一種……一種什麼呢？說是衰弱吧。我是不是頂瘦的，皮膚層裏的脂肪不會缺少的，可以說是血液頂少的人。不單臉上沒有血色，每一塊肌膚全是那麼白金似的。』她說話時有一種說夢話似的聲音。遠遠的，朦朧的，淡漠地，不動聲色地訴說着自己的病狀，就像在訴說一個陌生人的病狀似的，却又用着那麼親切委婉的語調在說一些家常瑣事似的。『胃口簡直是壞透了，告訴你，每餐祇吃這麼一些，恐怕一隻雞還比我多吃一點呢。頂苦的是晚上睡不着，睡不香甜，老會莫明其妙地半晚上醒回來。而且還有件古怪的事，碰到陰黯的天氣，或太綺麗了的下午，便會一點理由也沒有地，獨自個兒感傷着，有人說是虛，有人說是初期肺病，可是我怎麼敢相信呢！我還年青，我需要健康……』眼珠子猛的閃亮起來，可是祇三秒鐘，馬上又平靜了下來，還是那麼詭秘地，沒有感覺似地放射着淡淡的光輝，聲音卻越加朦朧了，朦朧到有點含糊。「許多人勸我照幾個月太陽燈，或是到外埠去旅行一次，勸我上你這兒來診一診……」微微地喘息著，胸側湧起了一陣陣暗綠的潮。

（失眠，胃口呆滯，貧血，臉上的紅暈，神經衰弱；沒成熟的肺癆呢！還有性慾的過度亢進；那朦朧的聲音，淡淡的眼光。）

沉澱了三十八年的膩思忽然浮蕩起來，謝醫師狠狠地吸了口煙，把煙斗拿開了嘴道：

「可是時常有寒熱？」

「倒不十分清楚，沒留意。」

（那麼隨便的人！）

「晚上睡醒的時候，有沒有冷汗？」

「最近好像是有一點。」

「多不多？」

「噯……不像十分多。」

「記憶力不十分好？」

「對了。本來我的記憶力是頂頂好的，在中西念書的時候，每次考書，總在考書以前兩個鐘頭裏邊才看書，沒一次不考八十分以上的……」喘不過氣來似的停了一停。

「先給你聽一聽肺部吧。」

她很老練地把胸襟解了開來，裏邊是黑色的褻裙，兩條繡帶嬌慵地攀在沒有血色的肩膀上面。

他用中指在她胸脯上面敲了一陣子，再把金屬的聽筒按上去的時候，祇覺得左邊的腮幫兒痲木起來，嘴唇抖着，手指僵直着，莫明其妙地祇聽得她的心臟，那顆陌生的，詭祕的心臟跳着。過了一回，才聽見自己在說：

「吸氣！深深地吸！」

一個沒有骨頭的黑色的胸脯在眼珠子前面慢慢兒的膨脹着，兩條繡帶也跟着伸了個懶腰。

又聽得自己在說：「吸氣！深深地吸！」

又瞧見一個沒有骨頭的黑色的胸脯在眼珠子前面慢慢兒的膨脹着，兩條繡帶也跟着伸了個懶腰。

一個詭祕的心劇烈地跳着，陌生地又熟悉地。聽着聽着，簡直摸不準在跳動的是自己的心，還是她的心了。

他歎了口氣，豎起身子來。

「你這病是沒成熟的肺癆。我也勸你去旅行一次。頂好是到鄉下去——」

『去休養一年？』她一邊鈕上扣子，一邊瞧着他，沒感覺似的眼光在他臉上搜求着。

『好多朋友，好多醫生全那麼勸我，可是我丈夫拋不了在上海的那家地產公司，又離不了我。他是個孩子，離了我就不能生活的。就爲了不情願離開上海……』身子往前湊了一點：『你能替我診好的，謝先生，我是那麼地信仰着你啊！』——這麼懇求着。

『診是自然有方法替你診，可是……現在還有些對你病狀有關係的話，請你告訴我。你今年幾歲？』

『二十四。』

『幾歲起行經的？』

『十四歲不到。』

（早熟！）

『經期可準確？』

「在十六歲的時候，時常兩個月一次，或是一月來幾次，結了婚，流產了一次，以後經期就難得能準。」

「來的時候，量方面多不多？」

「不一定。」

「幾歲結婚的？」

「二十一。」

「丈夫是不是健康的人？」

「一個運動家，非常強壯的人。」

在他前面的這第七位女客像浸透了的連史紙似的，瞧着馬上會一片片地碎了的。

謝醫師不再說話，儘瞧着她，沉思地，可是自己也不知道在想些什麼。過了回兒，他說道：

「你應該和他分牀，要不然，你的病就討厭明白我的意思嗎？」

她點了點腦袋，一絲狡黠的羞意靜靜地在她的眼珠子裏閃了一下便沒了。

「你這病還要你自己肯保養才好；每天上這兒來照一次太陽燈，多吃牛油，別多費心思，睡得早起得早，有空的時候上郊外或是公園裏去坐一兩個鐘頭，明白嗎？」

她動也不動地坐在那兒，沒聽見他的話似地；望着他，又像在望着他後邊兒的窗。

「我先開一張藥方你去吃。你貴姓？」

「我丈夫姓朱。」

（性慾過度亢進，虛弱，月經失調，初期肺痨，謎似的女性，應該給他吃些什麼藥呢？）

把開藥方的紙鋪在前面，低下腦袋去沉思的謝醫師瞧見歪在桌腳旁邊的，在上好的網襪裏的一對脆弱的，馬上會給壓碎了似的腳踝，覺得一流懶洋洋的流液從心房裏噴出來，流到全身的每一條動脈裏邊，每一條微血管裏邊，連靜脈也古怪地痒起來。

（十多年來診過的女性也不少了，在學校裏邊的時候就常在實驗室裏和各式各樣的女性的裸體接觸着的，看到裸着的女人也老是透過了皮膚層，透過了脂肪性的線條直看到她內部的臟腑和骨骼裏邊去的；怎麼今天這位女客人的誘惑性就骨蛆似地鑽到我思想裏來呢？謎——給她吃些什麼藥呢……）

開好了藥方，抬起腦袋來，却見她正靜靜地瞧着他，那淡漠的眼光裏像昇發着她的從下部直蒸騰上來的熱情似的，覺得自己腦門那兒冷汗儘滲出來。

「這藥粉每飯後服一次，每服一包，明白嗎？現在我給你照一照太陽燈吧。紫光線特別地對你的貧血症的肌膚是有益的。」

他站起來往裏邊那間手術室裏走去，她跟在後邊兒。

是一間白色的小屋子，有幾隻白色的玻璃橱，裏邊放了些發亮的解剖刀，鉗子等類的金屬物，還有一些白色的洗手盆，痰盂，中間是一隻蜘蛛似地伸着許多細腿的解剖牀。

『把衣服脫下來吧。』

『全脫了嗎？』

謝醫師聽見自己發抖的聲音說：『全脫了。』

她的淡淡的眼光注視着他，沒有感覺似地。他覺得自己身上每一塊肌肉全痲痺起來，低下腦袋去。茫然地瞧着解剖牀的細腿。

『襪子也脫了嗎？』

他腦袋裏邊囘答着『襪子不一定要脫了的。』可是褻裙還要脫了，襪子就永遠在白金色的腿上織着蠶絲的夢嗎？他的嘴便說着：『也脫。』

暗綠的旗袍和繡了邊的褻裙無力地委謝到白漆的椅背上面；襪子蛛網似地盤

在椅上。

『全脫了。』

謝醫師抬起腦袋來：

把消瘦的脚踝做底盤，一條腿垂直着，一條腿傾斜着，站着一個白金的人體塑像，一個沒有羞慚，沒有道德觀念，也沒有人類的慾望似的，無機的人體塑像。金屬性的，流線感的，視線在那軀體的線條上面一滑就滑了過去似的。這個沒有感覺，也沒有感情的塑像站在那兒等着他的命令。

他說：『請你仰天躺到牀上去吧！』

（牀！仰天！）

『請你仰天躺到牀上去吧！』像有一個洪大的回聲在他耳朵旁邊響着似的，謝醫師被剝削了一切經驗教養似地慌張起來；手抖着，把太陽燈移到牀邊，通了電，把燈頭移到離她身子十吋的距離上面，對準了她的全身。

她仰天躺着，閉上了眼珠子，在幽微的光線下面，她的皮膚反映着金屬的光，一朵萎謝了的花似地在太陽光底下呈着殘豔的，肺病質的姿態。慢慢兒的呼吸勻細起來，白樺樹似的身子安逸地擱在牀上，胸前攀着兩顆爛熟的葡萄，在呼吸的微風裏顫着。

（屋子裏沒第三個人那麼瑰豔的白金的塑像啊「倒不十分淸楚留意」很隨便的人性慾的過度亢進朦朧的語音淡淡的眼光詭祕地沒有感覺似地放射着昇發了的熱情那麼失去了一切障礙物一切抵抗能力地躺在那兒呢——）

謝醫師覺得這屋子裏氣悶得厲害，差一點喘不過氣來。他聽見自己的心臟要跳到喉嚨外面來似地震盪着，一股原始的熱從下面煎上來。白漆的玻璃橱發着閃光，解剖牀發着閃光，解剖刀也發着閃光，他的腦神經纖維組織也發着閃光。腦袋漲得厲害。

「沒有第三個人！」這麼個思想像整個宇宙崩潰下來似地壓到身上，壓扁了他。

謝醫師渾身發着抖，覺得自己的腿是在一寸寸地往前移動，自己的手是在一寸寸地往前伸着。

（主救我白金的塑像啊主救我白金的塑像啊主救我白金的塑像啊主救我白金的塑像啊主救我白金的塑像啊主救我……）

白樺似的肢體在紫外光線底下慢慢兒的紅起來，一朵枯了的花在太陽光裏邊重新又活了回來似地。

（第一度紅斑已經出現了！夠了，可以把太陽燈關了。）

一邊卻麻痺了似地站在那兒，那原始的熱儘煎上來，忽然，謝醫師失了重心似地往前一衝，猛的又覺得自己的整個的靈魂跳了一下，害了瘧疾似地打了個寒噤，却見她睜開了眼來。

謝醫師嚥了口黏涎子，關了電流道：

「穿了衣服出來吧。」

把她送到門口，說了聲明天會，回到裏邊，解鬆了領帶和脖子那兒的襯衫扣子，拿手帕抹了抹臉，一面按着第八位病人的脈，問着病症，心却像鐵釘打了一下似地痛楚着。

三

四點鐘，謝醫師回到家裏。他的露臺在等着他，他的咖啡壺在等着他，他的圖書室在等着他，他的園子在等着他，他的羅倍在等着他。

他坐在露臺上面，一邊喝着濃得發黑的巴西咖啡，一邊隨隨便便地看着一本探險小說。羅倍躺在他脚下，他的咖啡壺在桌上，他的熄了火的煙斗在嘴邊。

樹木的輪廓一點點的柔和起來，在枝葉間織上一層朦朧的，薄暮的季節夢。空氣中浮着幽渺的花香。咖啡壺裏的水蒸氣和煙斗裏的煙一同地往園子裏彳亍着走去，一對纏脚的老婦人似地在花瓣間消逝了婆娑的恣態。

他把那本小說放到桌上，喝了口咖啡，把腦袋擱在椅背上，噴着煙，白天的那股原始的熱還在他身子裏邊蒸騰着。

「白金的人體塑像！一個沒有血色，沒有人性的女體，異味呢。不能知道她的感情，不能知道她的生理構造，有着人的形態却沒有人的性質和氣味的一九三三年新的性慾對象啊！」

他忽然覺得寂寞起來。他覺得他缺少個孩子，缺少一個坐在身旁織絨線的女人；他覺得他需要一隻闊的牀，一隻梳裝臺，一些香水，粉和胭脂。

吃晚飯的時候，謝醫師破例地去應酬一個朋友的宴會，而且在筵席上破例地向一位青年的孀婦獻起殷勤來。

四

第二個月

八點：謝醫師醒了。

八點至八點三十分：謝醫師睜着眼躺在牀上，聽謝太太在浴室裏放水的聲音。

八點三十分一位下巴刮得很光滑的，打了條紅領帶的中年紳士和他的太太一同地從樓上走下來。他有一張豐滿的臉，一對愉快的眼珠子，一個五尺九寸高，一百四十九磅重的身子。

八點四十分：謝醫師坐在客廳外面的露臺上抽他的第一枝紙煙（因爲煙斗已經叫太太給扔到壁爐裏邊去了，）和太太商量今天午餐的餐單。

九點廿分，從整潔的棕色西裝裏邊揮發着酒精，咖啡，炭化酸和古龍香水的混合氣體的謝醫師，駕着一九三三年的 Srudebaker 轎車把太太送到永安公司門口，再往四川路五十五號的診所裏駛去。

父親

黯淡的太陽光斜鋪到斑駁的舊木柵門上面，在門前我站住了，扔了手裏的煙蒂兒，去按那古銅色的，冷落的門鈴。門鈴上面有一道灰色的蛛網，正在想拿什麼東西去撩了牠的時候，我家的老僕人已經開了那扇木柵門，擺着發霉的臉色，等我進去。

院子裏那間多年沒放車子的車間陳舊得快傾圮下來的樣子，車間門上也罩滿了灰塵。

屋子裏靜悄悄的，祇聽得屋後那條長胡同裏有人在喊賣曬衣竹，那嘹亮凄清的聲音懶懶地爬過我家的屋脊，在院子裏那些靑苔上面，在駁落的粉牆上面儘蕩漾着，憂鬱地。

一個細小的，古舊的聲音在我耳朶旁邊說：

「家啊！」

「家啊！」

連自己也聽不到似地在喉嚨裏邊說着，想起了我家年來冷落的門庭，心裏邊不由也罩滿了灰塵似地茫然起來。

走到樓上，媽愁苦着臉，瞧了我一眼，也沒說什麼話。三弟撲到桌子上面看報紙，妹子坐在那兒織絨線，臉色就像這屋子裏的光線那麼陰沉得厲害。

到自己房裏放下了帶囘來的零碎衣服，再出來喝茶時，媽才說：

「你爸病着，進去跟他談談吧。」

父親房裏比外面還幽暗，窗口那兒掛着的絲絨窗幃，下半截有些地方兒已經蛀蝕得剩了些毛織品的經緯線。濾過了那窗幃，慘淡的，青灰色的光線照進來，照到光滑的桌面上，整潔的地上，而在一些黑暗的角隅裏消逝了牠愁悶的姿態。屋子裏靜謐得像冬天早上六點鐘天還沒亮透的時候似的。窗口那兒點了枝安息香，灰色的煙百無聊賴地纏繞着，氤氳着一陣古雅的，可是過時了的香味。有着樸實的顏色的紅木方桌默默地站在那兒，太師椅默默地站在那兒，鑲嵌着雲石的煙榻默默地站在那兒，就在那煙榻上面，安息香那麼靜謐地，默默地躺着消瘦的父親，嘴唇上的鬍髭比上星期又斑白了些，望着煙燈裏那朵豆似的火焰，眼珠子裏邊是頹唐的，暮年的寂寞味。見我進去，緩緩地：

「朝宗沒回來，」那麼問了一句兒。

「這禮拜怕不會來吧。」

我在他對面坐下了，隨便拿着張報看。

『後天有沒有例假？』

『也許有吧。』

話到這兒斷了。父親是個沉默的，輕易不大肯說話的人，我又是在趣味上，思想上和他有着敵意的人，就是想跟他談談也不容易找到適宜的話題，便那麼地靜了下來。

我坐在那兒，一面隨便地看着報，一面偷偷地從報紙的邊上去看父親的手，那是一隻在中年時曾經握過幾百萬經濟權的手，而現在是一隻乾枯的，縐縮的，時常微微顫抖着的手。便——

『爲什麼人全得有一個暮年呢？而且父親的還是多麼頹唐的暮年啊！』那麼地思索着。

忽然，一個肺病患者的聲音似地，在樓下，那門鈴嗡地響了起來。

父親像興奮了一點似的，翻了個身道：

「瞧瞧是誰。」

我明白他這句話的意思就是：「瞧瞧是誰來看我。」他是那麼地希望着有人來看他的病啊！就拉開了窗幃，伏在窗口瞧，卻見進來的是手裏拿着封電燈公司的通知信的我家的老僕人。

「是誰？」父親又問了一句。

衹得坐了下來道：「電燈公司的通知信。」

父親的嘴唇動了幾動，喝了口茶，沒作聲，躺在那兒像在想着什麼似的。他有一大串的話想說出來的時候就是那麼的，先自己想一下。父親是一個十足的理智的人；他從不讓他的情感顯露到臉上來，或是到言語裏邊來，他從不衝動地做一件事，就是喝一杯茶也先考慮一下似的。我便看着他，等他說話。

過了一回兒，他咳嗽了一聲兒——

「人情眞的比紙還薄啊！」那麼地開了頭；每一個字，每一個句子全是那麼沉重地，遲緩地，從他的嘴唇裏邊蝸牛似地爬了出來：「從前我祇受了些小風寒，張三請中醫，李四請西醫，這個給煎藥，那個給裝煙，成天你來我去的忙得什麼似的。現在我病也病了半年了，祇有你媽閒下來給我裝筒煙，敬芳師父，我總算沒薦錯了這個人，店裏沒事，還跑來給我請下安，煎帖藥。此外還有那個上過我家的門？連我一手提拔起來的那些人也沒一個來過啊！他們不是不知道。」父親的話越來越沉重，越來越遲緩。卻是越來越響亮，像是他的靈魂在喊叫着似的。「在我家門口走過的時候總有的，順便拐進來，瞧瞧我的病，又不費力氣，又不費錢財。外面人別說，單瞧我家的親戚本家吧，嫡親的堂兄弟，志清——」忽然咽住了話，喝了口茶，才望着天花板：「我還是我，人還是那麼個人，祇是現在倒霉了，是個過時人罷咧！眞是人情比紙薄啊！」便閉上了眼珠子，嘴唇顫抖着不再說話。

默默地我想着做銀行行長時的，年青的父親，做錢莊經理時的，精明的父親，做信託公司總理時的，有着愉快的笑容的父親，做金業交易所經紀人時的，豪爽的父親，默默地想着每天有兩桌客人的好日子，打牌抽頭抽到三百多元錢的好日子，每天有人來替我做媒的好日子，僕人臥室裏擠滿了車夫的好日子；默默地我又想着門鈴那兒的蛛網，陳舊得快要傾圮下來的車間，父親的遲緩的，沉重的感慨，他的乾枯的，縐縮的手。

父親喉嚨那兒囑的響了一聲兒，剛想抬起腦袋來，卻見他的顫抖着的手在牀沿那兒摸索那塊手帕，便又低下腦袋去。

我不敢再抬起腦袋來，因爲我不知道他咽下去的是茶，是黏涎子，是痰，還是淚水；我不敢抬起腦袋來，因爲知道閉着眼躺在煙榻上的是一個銷沉的，斑白了頭髮的，病着的老父。

「暮年的寂寞啊！」

坐在那兒，靜靜地聽着父親的年華，和他的八角金錶一同地，扶着手杖，拖着艱難的步趾嗒嗒地走了過去，感情卻鉛似地沉重起來，灰黯起來。

差不多每個星期尾全是在父親的病榻旁邊消磨了的。

看着牢騷的老父病得連憤慨的力氣也沒有，而自己又沒一點方法可以安慰他，眞是件痛苦的事。後來，便時常接連着幾個禮拜不回去，情願獨自個兒留在宿舍裏邊。人到底不是怎麼勇敢的動物啊！可是一想起寂寞的，父親的暮年，和秋天的黃昏那麼地寥落的我家，總暗暗地在心裏流過一絲無可奈何的悵惘。

「父親啊！」

「家啊！」

低低地太息着。

有時便犧牲了一些綺麗的下午，孩子氣的遊伴，去痛苦地坐到父親的病榻邊，一同嘗受着那寂寞味，因爲究竟我也是個寂寞的人，而且父親是在悠遠的人生的路上走了五十八年，全身都飽和了寂寞與人生苦的。

每隔一禮拜，或是兩禮拜囘到家裏，進門時總那麽地想着：「又是兩禮拜了，父親的病該好了些吧？」

可是看到了父親，心裏又黯淡起來，有的時候覺得父親的臉色像紅潤了些，有的時候却又覺得他像又消瘦了些，祇是精神却一次比一次頹唐，來探望他的親戚也一次比一次多了。父親却因爲陪他談話的人多也像忘了他的感慨似地，一次比一次高興。

每次我囘來，媽總懇求似地問我：

「你瞧爸的臉色比前一次可好看些嗎？」

「我瞧是比前次好些了。」

「你爸這病許多人全說討厭，你瞧怎麼才好呢！」

媽的眼皮慢慢兒紅起來：

「你瞧，怎麼好呢？」

低低抽咽着，不敢讓父親聽到。

雖然我的心是那麼地痛楚着，可是總覺得媽是多慮。那時我是堅決地相信父親的病會好起來的。

「老年人精力不足，害些小病總有的吧。」那麼安慰着媽，媽卻依舊費力地啜泣着，爸在裏邊喊了她一聲，才連忙擦乾了眼淚，跑了進去。

「媽眞是神經過敏！」我祇那麼地想着。

那時我眞的不十分擔憂，我從來不覺得父親已經是五十八歲的老年人，在我記憶上的父親老是臉色很紅潤，一腦袋的黑頭髮，鬍髭刮得很乾淨的，病着的父親的衰老的姿態在我印象裏沒多堅固的根據，因爲父親從來沒有老年人昏庸的形狀，從來不多說半個字，他的理智比誰都淸澈。那時我祇憂慮着他臉上的沒有笑勁兒——父親臉上的笑勁兒已經不見了七八年了，可是我直到最近才看出來。

「可是沒有笑勁兒有什麼關係呢？老年人的尊嚴，或是心境不好，或是憂慮着自已的病……」祇那麼毫不在意地想着。

快放假的那個月，因爲預備大考，做報告，做論文，整理筆記，空下來就在校園裏找個朋友坐在太陽裏談些年青人的事，飯後在初夏的黃昏裏吹吹風，散散步，差不多有一個多月沒回去。有時二弟從家裏回學校來，我問他：

「爸的病好了些嗎？」

「還是那個模樣。」

父親的病沒利害起來，也就沒放在心上，這一個多月，差不多把那些鉛似的情緒洗刷淨了，每天祇打算着出了學校後的職業問題。

放假的那天，把行李交給二弟先叫車到家裏，我去看了一次電影，又和朋友們吃了會點心。在飯店裏談了一回，直坐到街上全上了燈才回家。家裏好像熱鬧了一些，一個堂房的嬸娘，一個姑表姊，還有個姨娘全在樓上坐着輕聲地講着話。幾個堂兄弟圍着桌子在那兒瞧我帶回來的，學校裏的年刊。媽蹲在地上，守着風爐在給父親煎藥。我問媽：

「爸的病好了點兒嗎？」

媽出神地蹲在那兒，沒回答我的話。別的人也像沒聽見我的話似地，祇望了我一眼，全那麼古怪地像在想着什麼似的。

走到父親房裏，伯父和一個遠房的堂叔，還有一個姑表兄弟在那兒和父親談最近的金子跌潮。我便坐着聽他們講話。父親的精神像比從前健朗了些，正在那兒講這一次跌風的來源和理由。人是瘦得不像了，臉上祇見一個個窟窿，頭髮，鬍髭，眉毛全沒有了潤澤的光彩，一根根地豎了起來。從袖口裏望進去，父親的手臂簡直是兩根細竹竿撐着一層白紙，還是那麼歇斯底里地顫抖着。他很平靜的，和平日一樣地講着話：

『三月裏我就看到了，那時我跟伯元他們說，叫他們做空頭，儘管賣出，到五月馬上會跌。他們不信，死也不肯做空頭。』這時候他咳嗽起來，咳得那麼厲害，臉上的筋全綻出來，肌肉全抽搐着。咳了好一回，就咳不出痰來，祇空咳着。眞的，父親連咳嗽的力氣都沒了，我祇聽得他喉嚨那兒發着空洞的咳聲，一隻銹壞了的鐘似地。伯父跑到外面在父親的，黃色的磁茶壺裏冲了熱茶，拿進來給他喝了幾口才算停止了咳嗽。父親閉着眼喘息了一會，才接下去：『眞是氣數，失了勢的人連說句話也沒人聽的！』那麼深長地太息了一下。

大家全默默地坐着，不說一句話，因爲父親是一個個性很剛強的人，五十八年來，從不希冀人家的一絲同情——他是把憐憫當做侮辱的。可是他們不知道這半年來纏綿的病已經叫他變成一個神經質的，感傷的弱者了。他躺在那兒，艱苦地忍耐着他的傷感，我可以看到他的嘴唇痙攣着，那麼困難地喘着氣。他不動，也不說話，祇那麼平靜地望着煙燈，可是他的眼珠子裏邊顯露了他的整個的在抽咽着的靈魂。

我走了出來，我不能看一個莊嚴的老年人的受難。我走到外面，對媽說預備去赴校長和教授的別宴。

「別去了吧，爸那麼地病着！你一個多月沒回來了，爸時常掛念着你，你今天剛回來，還不陪你爸坐一晚上？」

「要去的！」在媽前面，我老是那麼孩子氣地固執着。

「何必一定要去呢，你爸那麼地病着？」

「爲什麼不去呢？」

忽然——

「去，讓他去！現在也沒有什麼爸不爸了！」

在裏邊，出乎意外地，父親像叱責一個竊賊似地，厲聲地嚷了起來。

父親從來沒那麼大聲地說過話，更不用說那麼厲聲地，叱責他的兒子了。從來沒人見到過他惱得那麼厲害，而且又不是怎麼値得惱，會叫素來和藹可親，不動聲色的他惱得大聲地嚷起來。這反常的，完全出乎意外的叱責把屋子裏的人全驚住了。我是詫異得不知怎麼才好地怔在那兒望着媽。

「何必爲那些小事動肝火啊！」是伯父的聲音。

「你的爸快病死了，你去……你去！」

更出乎意外地，父親突然抽抽咽咽地哭出聲來，一個孩子似地。

屋子裏悄悄地祇聽得他蒼老的聲音，有氣沒力地抽咽着，過了一回又咳嗽了起來，咳得那麼厲害，咳了半天才慢慢兒的平靜了一下，低低地呻吟着，一隻疲倦的老牛的太息聲似地，瀰漫了這屋子。

許多埋怨的眼光看着我，我低下了腦袋，我的心臟爲着那一起一落的呻吟痛楚着，一面卻暗暗地憎恨父親不該那麼不留情面地叫人難堪，一面卻也後悔剛才不應該那麼固執。我知道我剛才刺痛了他的心，他是那麼寂寞，他以爲他的兒子都要拋棄他了。

到這時候，大家才猛的醒過來似地，倒茶的倒茶，拿湯藥的拿湯藥，全零落地跑到父親房裏去，祇有那個姑表的小梅姊躺在外面的煙鋪上，呆呆地望着我。我想進去又不敢，祇怕父親見了我，又觸動了氣。沉重的呻吟一陣陣地傳了出來，我的身子一陣陣地發着抖，那麼不幸地，給大家擯棄了似地，坐在那兒想到三年前在外面浪遊了兩個多月，半身債半身病的跑回家來，父親也是那平靜地躺在煙鋪上，那時他祇——

「你那麼隨便跟酒肉朋友在外面胡鬧，可知道家裏是替你多麼擔着心啊！」很慈祥地說了一句，便吩咐我在家裏住兩個禮拜，養好了病，才準回學校去。

「怎麼今天會那麼反常地動着肝火呢？」好像到現在才明白父親是病得很厲害了似地，慌張了起來。

模模糊糊地我看見小梅姊從煙鋪那兒走過來，靠到桌子旁邊，瞧了我一會，於是又聽見她輕輕的對我說：

「你瞧，二舅舅的病怎麼樣？不相干吧？」

我看着她，我不明白她的意思。

「我看這病來得古怪，頂多還有五六天罷咧。二舅母現在是混的，不會知道，我也不能跟她說。你應該拿定主意，快辦後事吧。』

我不懂，我什麼也不懂，我不明白她是誰，我不明白她是說的什麼話，我沒有了知覺，沒有了思慮，祇茫然地望着她。忽然，我打了個寒噤，渾身發起抖來，祇一刹那，我明白了，我什麼都明白了，我明白她是誰，我明白她在說的什麼話。一陣不可壓制的，莫明其妙的悲意直衝了上來，我的嘴唇抽搐着，腦袋漲得發熱，突然地我又覺得自己什麼也不明白了。我一股勁兒的衝到自己房裏，鎖上了門，倒在牀上。好半天，才聽見自己在哭着，那麼傷心地，不顧羞恥地哭着，才覺得一大串一大串的眼淚從腮幫兒那兒掛下去，掛到耳根上，又重重地掉在枕上；才聽見媽在外面：

『朝深！朝深！』那麼地嚷着。

靜靜地聽了一會，又莫明其妙地傷心起來，在牀上，從這邊滾到那邊，那邊滾到這邊，淘氣的孩子似地哭得透不過氣來。

不知道什麼時候，她弄開了門，走了進來，坐在牀沿那兒，先祇勸着我：

「別那麼哭，你爸聽着心裏難受的。」

慢慢兒的她的眼皮兒紅起來了，眼淚從眼角那兒一顆顆的滲了出來。我卻靜靜地瞧着她，瞧着她，儘瞧着她。我瞧着那眼淚古怪地掛下來，我瞧着她從口袋裏掏出手帕來，我瞧着她傷心地抽咽着。可是我又糢糊起來，我好奇地瞧着她的眼淚，一顆顆的滲出來，一顆顆地，那麼巧妙地滴到牀巾上，滲到那棉織物裏邊。

「多麼滑稽啊！」那麼地想着。

我想笑，可是心臟卻怎麼也不肯鬆散下來，每一根中樞神經的纖維組織全那麼緊緊地綳着，祇覺得笑意在嘴邊溜盪着，嘴卻抽搐着，怎麼也不讓這笑意浮上來。

躺着，躺着，瞧那天色慢慢兒的暗下來，一陣磕睡順着腿往上爬，一會兒我便睡熟了。

「醫生來了!」樓下，老僕人大聲地喊。

我猛的跳了起來，腿卻疲倦得發軟，在牀邊坐了一回兒，才慢慢兒的想起了剛才的事，不由有點兒好笑。

「神經過敏啊!可是爸眞的會病死了嗎?眞的會病死了嗎?」——不信地。

走到外面，醫生已經坐在那兒抽雪茄，父親兩隻手扶着二弟的肩膀，腦袋靠着他的脊梁，呻吟着，一個非常老了的人似地，一步步地在地板上面拖着，媽在旁邊扶着，走到門檻那兒，他費力地想提起腿來跨過門檻，可是怎麼也跨不過去。媽說:

「還是回進去，請醫生到房裏來診吧。」

父親一面喘着氣，一面搖着腦袋，還是拚命地想跨過門檻來。我連忙趕上去，一隻手托着他的肋骨，一隻手提着他的腿，好容易才跨過了門檻。父親穿着很厚的絲棉袍子，外面再罩着件團龍的絲絨背心，隔着那件袍子，在我手上托着的是四條肋骨，摸不到一點肉，也摸不到一層皮，第一次我知道父親真的是消瘦得連一點肉也沒有。走着走着，在我眼前的父親像變成紙紮人似地。

『父親真的會病死了嗎？眞的會病死了嗎？』又那麼地問着自己，不信地。

坐到醫生前面父親腦袋枕着自己的手臂，讓他診了脈，看了舌苔，還那麼地向着醫生：

『你瞧這病沒大干係吧？』一面在嘴上堆着笑勁兒。父親跟誰講話，總是這麼在臉上堆着笑勁兒的，可是不知怎麼的我總覺得他的笑臉像是哭臉。

『病是不輕……』醫生微微地搖着腦袋，一面瞧着他，懷疑似地。

『總可以好起來吧？』

父親是那麼地渴望着生啊！他是從來不信自己會死的；他是個倔強的人，在命運壓迫下，頹唐地死了，他是怎麼也不願意的。

「總會好起來吧！」醫生那麼地說了一句，便念着脈案，讓坐在對面的門生抄下來。

父親坐在那兒靜靜地聽着他念，聽了一回兒忽然連接着打起嗝來，一邊喘着氣，枕着自己的手臂。媽便說：

「到裏邊去躺着吧。」

父親不作聲。

「請進去吧，不必客氣，請隨便吧。」

等醫生那麼說了，父親才撐着桌子站了起來：

「那麼，對不起，我失陪了。」很抱歉地說着，吩咐了我站在外面伺候醫生，才叫二弟扶着走到裏邊去。

父親是那麼地不肯失禮，不肯馬虎的一個古雅的紳士；那麼地不肯得罪人家，那麼精細的一個中國商人——可是爲什麼讓他生在這流氓的社會裏呢？爲什麼呢？他的一生祇是受人家欺騙，給人家出賣；他是一個歷盡世故的老人，可是他還有着一顆純潔的，天眞的，孩子的心；他的暮年是那麼頹唐，那麼地受人奚落，那麼地滿腹牢騷，卻從不責怪人家，祇怪自己心腸太好。天哪，爲什麼讓那麼善良的靈魂在這流氓的社會裏邊生長着啊！

醫生開了藥方，搖着他的大扇子道：

『這是心病，要是今年正月裏開頭調理起來還不嫌遲，現在是有點爲難了。單瞧這位老先生頭髮全一根根的豎了起來，這是氣血兩衰，津液已虧，再加連連打嗝，你們還是小心些好。』

聽了他的話，媽便躺在煙舖上哭了起來。我一面送他下樓梯一面卻痛恨着他，把他送到門口：

「爸真的會病死了嗎？那麼清楚的人怎麼一來才能死呢？」那麼地想着走了上來，到父親房裏，祇見他閉着眼躺在那兒，一個勁兒的打嗝。打一個嗝，好好地躺着的身子便跳一下，縐着眉尖，那麼痛苦地。

我瞧着他，心臟又緊縮起來了，可是怎麼也不肯相信父親那麼一病就會病死了的，這簡直是我不能了解的事。

父親的嗝越打越厲害，一個緊似一個，末了，打着打着便猛的張開了嘴沒了氣，眼珠子翻了上去，眼皮蓋住了一大半的眼球，瞳人停住在眼皮裏邊不動了，腦袋慢慢兒的從枕頭上面滑下來，連忙——

「爸爸！」地叫着他，才像從睡夢裏給叫回來似地睜了睜眼，把腦袋重新放到枕上面，閉上了嘴，輕輕地打着嗝。過了一會兒，猛的打了個嗝，張開了嘴，眼珠子又翻了上去。又連忙叫着他，才又忽然跳了一下似地醒了過來。他是那麼痛苦地，那麼困難地在掙扎着，用他的剩餘的生命力，剩餘的氣息。那時我才急了起來，死釘住他的眼珠子看着，各種各樣的希望，各種各樣的思想混合酒似地在我神經那兒混和着。我想跪下來祈禱，我想唸佛，我想嚙住父親的人中，我想盡了各種傳說的方法，可是全沒做，祇發急地釘住他的眼珠子，捉住了他的手，手手已經冷了，冰似地，脈息也沒了，浮腫着，肌色很紅潤地。許多人全跑了進來，站在牀邊，不動也不說話。媽祇白癡似地坐在牀沿那兒摸着他的手，替他搓着胸口，一面悄悄地淌着眼淚。

我聽見了死神的翅膀在拍着，我看見黑色的他走了進來，我看見他站到父親牀邊，便懇求着他，威嚇着他，我對他說着，也對自己說着：

『果眞一個人就能那麼地死了嗎？一個善良的靈魂？』

差不多挨了一個半鐘頭，父親的隔才停止了，呼吸平靜了下來，平和地，舒服地躺在那兒。

『好了！不相干了！人是不能就那麽地死了的。』

我摸着他的脚，脚像一塊冰，摸着他的手，手還是冰似的沒有脈搏，順着手臂往上摸，到肐膊肘那兒，皮膚慢慢兒的暖了起來，在我觸覺下的父親的皮是枯燥的瑞典紙，骨格的輪廓的有着骷髏的實感，那麽地顯明啊。

父親的眼珠子忽然睜了開來，很有精神的人似地：

『笨小子！這地方兒也能冷了嗎？』

我差一點跳了起來，他醒了，清醒了，不會死了，全身的骨節全鬆散起來，愉快起來。

父親慢慢兒的在站着的人的臉上瞧了一瞧，道：

『你們的伯父呢？』

『在樓下。』不知道那個說。

我連忙跑下去，跑到樓下，卻見伯父正拿着父親的鞋子叫僕人照這大小去買靴：

院子裏放了紙人紙馬，還有紙轎錫箔客堂上面燒着兩枝大紅燭。

『傻子呢！人也清醒了！』晤晤地笑着，把伯父叫了上去。

『兆文！兆文！』在父親的耳朵旁邊伯父輕輕地叫着。

父親慢慢兒的睜開眼來道：『把我的枕頭墊高些！』

二弟捧着他的腦袋，我給加了個枕頭，父親像舒服了些似地嘆了口氣，閉上了眼珠子，又像睡過去了，他的腦袋一點點的從枕頭那兒滑下來，滑到牀巾上，於是又睜開眼來：

『怎麼把我的枕頭拿了呢？』聲音微弱到聽不見似地。

我們捧着他的腦袋給放在枕頭上面，他又閉上了眼珠了，媽便湊在他耳朵旁邊說道：

『大伯在這兒……』

『噢！』猛的睜開眼來，瞧了瞧我們，又靜靜地瞧了回伯父，想說什麼話似地，過了一回，才說：『沒什麼，我想怎麼不見他。』

『爸，你想抽煙嗎？我噴給你，可好？』媽坐在牀上，捧着他的腦袋。

『不用！』父親非常慢地回過腦袋來，瞧着她，瞧着她，儘瞧着她，忽然他的眼珠失去了光彩，呆呆地停住在那兒。

『爸爸！』媽發急地叫着。

父親不作聲，眼皮兒慢慢兒的垂了下來，蓋住了眼珠子。媽招着手叫我們上去喊他。

『爸！』

『爸！』

於是他的臉痙攣着，他的嘴動着動着，想說什麼話似地。我看得出他是拚命地在掙扎。

「爸！」

「爸！」

於是他的嘴抽搐着，忽然哭了出來，沒有聲音，也沒有眼淚，兩掛鼻涕從鼻子裏邊淌出來，腦袋從媽手裏跌到牀上，他的嘴閉上了，眼也閉上了，垂着腦袋，平靜地，像一個睡熟了的人似地。

「眞的就那麼地死了嗎？」

天坍了下來，坍到我一個人腦袋上面，我糊糊塗塗的跑了開去，坐在地上，看他們哭，看他們替他着衣服，我什麼也不明白，什麼也不想，我不懂什麼是死，什麼是生，我祇古怪地坐在地上，沒有眼淚，也沒有悲哀，完全一個白癡似地。

每天，我們母子五個人靜靜地坐着，沒一個弔客來，也沒一個親戚來，祇有我們五個孤獨的靈魂在初夏的黃昏裏邊默默地想着父親。

從前，這時候，門鈴響了一下，老僕人開了門，咳嗽着走了進來的是父親，我們聽得出他的脚聲，他的咳嗽，他的一切，對於我們，是那麼地熟悉的。

沒有了咳嗽，沒有了門鈴，每天到這時候，門鈴響了一下，便——

「爸啊！」

「爸啊！」

「爸啊！」

那麼地懷念着父親。

我們怎麼也不相信父親是已經死了，總覺得他在外面沒回來似的，聽到一聲咳嗽，一聲門鈴，五顆心就跳了起來。

『爸啊！』

『爸該囘來了吧！』

我們五個人，每個黃昏裏邊，總靜靜地坐在幽暗的屋子裏等着，等那永遠不會囘來了的父親，咳嗽着，一個非常老了的人們地撐着樓梯那兒的扶手一步步地走上來，和一張慈祥的臉，一個親切的聲音一同地。

一九三三年十一月三日。

舊宅

「諭㑩兒知悉：我家舊宅已爲兪老伯購入，本星期六爲其進屋吉期，屆時可請假返家，同往祝賀。切切。

父字　十六日」

讀完了信，又想起了我家的舊宅，便默默地抽一支淡味的煙，在一種輕淡的愁思裏邊，把那些褪了色的記憶的碎片，一片片地檢了起來。

舊宅是一座軒朗的屋子，我知道這裏邊有多少房間，每間房間有多少門，多少燈，我知道每間房間牆壁上油漆的顏色，窗紗的顏色，我知道每間房間裏有多少釘——

父親房間裏有五枚，我的房間有三枚。本來我的房間裏是一枚也沒有的，那天在父親房間裏一數有五枚釘，心裏氣不過，拿了釘去敲在牀前地板上，剛敲到第四枚，給父親聽見了，跑上來打了我十下手心，吩咐下次不准，就是那麼瑣碎的細事也還記得很清楚。

還記得園子裏有八棵玫瑰樹，兩棵菩提樹；還記得臥室窗前有一條電線，每天早上醒來，電線上總站滿了麻雀，銜着太陽歌頌着新的日子，還記得每天黃昏時，那叫做根才的老園丁總坐在他的小房子裏吹笛子，他是永遠戴着頂帽結子往下陷着點兒的，骯髒的瓜皮帽的，還記得暮春的下午，時常坐在窗前，聽屋子外面那條僻靜的路上，聽屋旁的田野裏杜鵑的雙重的嗁聲。

那時候我有一顆清靜的心；一間清凈的，奶黃色的小房間。我的小房間在三樓，窗紗上永遠有着電線的影子。白鴿的影子，推開窗來，就可以看到青天裏一點點的，可愛的白斑痕，便悄悄地在白鴿的鈴聲裏懷念着人魚公主的寂寞，小鉛兵的命運。

每天早上一早就醒來了，屋子裏靜悄悄的沒一點人聲，祇有風輕輕地在窗外吹着，像吹上每一片樹葉似的，躺在牀上，把枕頭底下的共和國民教科書第五册掏出來，低低地讀十遍，背兩遍，才爬下牀來，赤脚穿了鞋子走到樓下，把老媽子拉起來叫給穿衣服，洗臉。有時候，走到二層樓，恰巧父親們打了一晚上牌，還沒睡，正在那兒吃點心，便給媽趕回來，叫閉着眼睡在牀上，說孩子們不准那麼早起來。睡着睡着，捱了半天，實在捱不下去了，再爬起來，偷偷的掩下去，到二層樓一拐灣，就放大了膽達達的跑下去：

『喝，小壞蛋，又逃下來了！』媽趕出來，一把抓回去，打了幾下手心才給穿衣服。

跟着媽走到下面，父親就抓住了給洗臉，鬧得一鼻子一耳朵的胰子沫，也不給擦乾淨。拿手指挖着鼻子孔，望着父親不敢說話。大家全望着笑。心裏氣，又不敢怎麼着，把胰子沫全抹在媽身上，媽笑着罵，重新給洗臉，叫吃牛奶。吃了牛奶，抹抹嘴，馬上就背了書包上學校；媽總說：

『傻子，又那麼早上學校去了，還祇七點半呢。』

晚上放學回去，總是一屋子的客人，煙，酒，和談笑。父親總叨着雪茄坐在那兒聽話匣子裏的『洋人大笑，』聽到末了，把雪茄也聽掉了，腰也笑彎了，一屋子的客人便也跟着笑彎了腰。父親愛喝白蘭地，上我家來的客人也全愛喝白蘭地；父親愛上電影院，上我家來的客也全愛上電影院；父親信八字，大家就全會看八字。他們會從我的八字裏邊看出總統命來。

『世兄將來眞是了不得的人物！我八字看多了，就沒看見過那麼大紅大紫的好八字。』

父親笑着摸我的腦袋，不說話；他是在我身上做着黃金色的夢的。每天晚上，家裏要是沒有客人，他就叫我坐在他旁邊讀書，他閉着眼，抽着煙，聽着我。他臉上得意的笑勁兒叫我高興得一遍讀得比一遍響。讀了四五遍，媽就趕着叫我囘去睡覺。她是把我的健康看得比總統命還要重些的。媽喜歡打牌，不十分管我，要父親也別太管緊了我，老跟父親那麼說：

「小孩子別太管嚴了，身體要緊，讀書的日子多着呢！」

父親總笑着說：「管孩子是做父親的事情，打牌才是你的本分。」

眞的，媽的手指是爲了骨牌生的；這麼一來，父親的客人就全有了愛打牌的太太。我上學校去的時候，她們還在桌子上做中發白的三元夢；放學囘來，又瞧見她們精神抖擻地在那兒和雙翻了。走到媽的房間裏邊，趕着梳了辮子的叫聲姑姑，見梳了頭的叫聲丈母；那時候差不多每一個女客人都是我的丈母，這個丈母摟着我心肝，乖孩子的喊一陣子，那個丈母跟我親親熱熱的說一囘話，好容易才掙了出來，到祖母房間裏去吃蓮心粥。是冬天，祖母便端了張小椅子放在壁爐前面，叫我坐着烤火，慢慢兒的吃蓮心粥。天慢慢兒的暗下來，爐子裏的火越來越紅了，我有了一張紅臉，祖母也有了一張紅臉，坐在黑兒裏邊喃喃地唸佛，也不上燈。看看地上的大黑影子，再看看爐子裏烘烘地燒着的紅火，在心裏邊商量着還是如來佛大，還是玉皇大帝大；就問祖母：

「奶奶，如來佛跟玉皇大帝誰的法力大？」

祖母笑，說：「傻子，罪過。」

便不再作聲，把地上躺着的白貓抱上，叫睡在膝蓋兒上不准動，貓肚子裏打着咕嚕，那隻大鐘在後邊兒嗒嗒地走，我靜靜兒的坐着，和一顆平靜空寂的心臟一同地。

是夏天，祖母便捉住我洗了個澡，撲得我一臉一脖子的爽身粉，拿着蓮心粥坐到園子裏的菩提樹下，緩緩地揮着扇子。躺在籐椅上，擡起腦袋來瞧烏鴉成堆的打紫霞府下飛過去。那麽寂靜的夏天的黃昏，籐椅的清涼味，老園丁的幽遠的笛聲，是怎麽也一顆顆的星星，夜空的眼珠子似的睜了滿天都是，祖母便教我數星：

「牛郎星，織女星，天上有七十七顆掃帚星，八十八顆救命星，九十九顆白虎星。……」

數着數着便睡熟在籐椅裏了，醒來時卻睡在祖母牀上，祖母坐在旁邊，拿扇子給我趕蚊子，手裏拿着串佛珠，打翻了一碗豆似地悉悉地唸着心經。我一動，她就按着我叫慢着起來，說：

「剛醒來，魂靈還沒進竅呢。」

便靜靜地躺在牀上。

那隻大燈拉得低低的壓在桌子上面，燈罩那兒還紮了條大手帕，不讓光照到我臉上。桌子上面放了一臉盆水。數不清的青色的小蟲繞着電燈飛，飛着飛着就掉到水裏邊。那些青色的小蟲都是我的老朋友，我天天瞧它們繞着燈儘飛，瞧它們糊糊塗塗地掉到水裏邊。祖母房間裏的東西全是我的老朋友，到現在我還記得它們的臉，它們的姿態的：牀上的那隻銅脚爐生了一臉的大麻子，做人頂誠懇，跟你講話就像要把心掏出來你看似的；掛在窗前的那柄紗團扇有着輕佻的身子；那些紅木的大椅子，大桌子，大箱大櫃全生得方頭大耳，挺福相的。

輪到七點鐘模樣，才爬起來，到樓上和媽一同吃飯。每天晚餐裏總有火腿湯的。因爲我頂愛喝火腿湯，吃了飯，就獨自個兒躲在房間裏，關上了房門，爬在桌子底下，把一些傢私掏出來玩着。我有一隻小鐵箱，裏邊放了一顆水晶彈子，一張畫片，一隻很小的金元寶，一塊金鎖片，一隻水鑽的銅戒指，一把小手鎗，一枚針——那枚針是我的奶媽的，她死的時候，我便把她紮鞋幫的針偷了來。桌子底下的牆上有一個洞，我的小鐵箱就藏在這裏邊，外面還巧妙地按了層硬紙，不讓人家瞧見裏邊的東西。

抓抓這個，拿拿那個，過了一回，玩倦了，就坐在桌子底下賊老媽子。老媽子走了進來，一面咕嚕着：

「這麼大的孩子，還要人家給脫衣服。」一面把我按在牀上，狠狠的給脫了襪子，鞋子，放下了帳子，把牀前的綠紗燈開了，就走了。

躺着瞧那綠紗裏的一朵安靜的幽光朦朧地想着些夏夜的花園，笛聲，流水，月亮，青色的小蟲，又朦朧地做起夢來。

禮拜六，禮拜天，和一些放假的日子也待在家裏。那些悠長的，安逸的下午，我總坐在園子裏，和老園丁，和祖母一同地；聽他們講一些發了霉的故事，笑話。除了上學校，新年裏上親戚家裏拜年，是不准走到這屋子外面去的。我的宇宙就是這座屋子，這座屋子就是我的宇宙，就爲了父親在我身上做着黃金色的夢：

「這孩子，我就是窮到沒飯吃，也得餓着肚子讓他讀書的。」那麼地說着，把我當了光宗耀祖的千里駒，一面在嘴犄角兒那兒浮上了得意的笑。父親是永遠笑着的，可是在他的笑臉上有着一對沉思的眼珠子。他是個剛愎，精明，會用心計，又有自信力的人。那麼強的自信力！他所說的話從沒一句錯的，他做的事從沒一件錯的。時常做着些優美的夢，可是從不相信他的夢祇是夢；在他前半世，他沒受過挫折，永遠生存在泰然的心境裏。他是愉快的。

母親是帶着很濃厚的浪漫諦克的氣分的，還有些神經質。她有着微妙敏銳的感覺，會聽到人家聽不到的聲音，看到人家看不到的形影。她有着她自己的世界，沒有第二個人能跑進去的世界，可是她的世界是由舒適的物質環境來維持着的。她也是個愉快的人。

祖母也是個愉快的人。我就在那些愉快的人，愉快的笑聲裏邊長大起來。在十六歲以前，我從不知道人生的苦味。

就在十六歲那一年，有一天，父親一晚上沒回來。第二天，放學回去，屋子裏靜悄悄的沒一點牌聲，談笑聲，沒一個客人，下人們全有着張發愁的臉。父親獨自個兒坐在客廳裏邊，狠狠地抽着煙，臉上的笑勁兒也沒了，兩圈黑眼皮，眼珠子深深地陷在眼眶裏邊。祇一晚上，他就老了十年，瘦了一半。他不像是我的父親；父親是有着愉快的笑臉，沉思的眼珠子，蘊藏着剛毅堅強的自信力的嘴的。他祇是一個頹喪，失望的陌生人。他的眼珠子裏邊沒有光，沒有愉快，沒有憂慮，什麼都沒有，祇有着白茫茫的空虛。走到祖母房裏，祖母正閉着眼在那兒唸經，瞧我進去，便拉着我的手，道：

「菩薩保佑我們吧！我們家三代已來沒做過壞事呀！」

到母親那兒去，母親卻躺在牀上哭。叫我坐在她旁邊，嘮嘮叨叨地跟我訴說着：

「我們家毀了！完了，什麼都完了！以後也沒錢給你念書了！全怪你爹做人太好，太相信人家，現在可給人家賣了！」

我卻什麼也不愁，祇愁以後不能讀書；眼前祇是漆黑的一片，想也想不起以後的日子是什麽顏色。

接着兩晚上，父親坐在客廳裏，不睡覺也不吃飯，也不說話，儘抽煙，誰也不敢去跟他說一聲話；媽躺在牀上，腫着眼皮病倒了。一屋子的人全悄悄的不敢咳嗽，踮着脚走路，湊到人家耳朶旁邊低聲地說着話。第三天晚上，祖母哆嗦着兩條細腿，叫我扶着摸到客廳裏，喊着父親的名字說：

「錢去了還會囘來的，别把身體糟壞了。再說，英兒今年也十六歲了，就是倒了霉，再過幾年，小的也出世了，我們家總不愁餓死。我們家三代沒做過壞事啊！」

父親嘆了口氣，兩滴眼淚，蝸牛似的，緩慢地，沉重地從他眼珠子裏掛下來，流過腮幫兒，篤篤地掉到地氈上面。我可以聽到它的聲音，兩塊千斤石跌在地上似的，整個屋子，我的整個的靈魂全振動了。過了一囘，他才開口道：

「想不到的！我生平沒傷過陰，我也做過許多慈善事業，老天對我爲什麽那麽殘酷呢！早幾天。還是一屋子的客人，一倒霉，就一個也不來了。就是來慰問慰問我，也不會沾了晦氣去的。」

又深深地太息了一下。

「世界本來是那麼的。色卽是空，空卽是色——菩薩保佑我們吧！」

「眞的有菩薩嗎？！嘻」冷笑了一下。

「胡說！孩子不懂事。」祖母唸了聲佛，接下去道：「還是去躺一回吧。」

八十多歲的老母親把五十多歲的兒子拉着去睡在牀上，不准起來，就像母親把我按在牀上，叫閉着眼睡似的。

過了幾天，我們搬家了。搬家的前一天晚上，我把桌子底下的那隻小鐵箱拿了出來，放了一張紙頭在裏邊，上面寫着：「應少南之臥室，民國十六年五月八日，」去藏在我的秘密的牆洞裏，找了塊木片把洞口封住了；那時原懷了將來賺了錢把屋子買回來的心思的。

搬了家，愛喝白蘭地的客人也不見了，愛上電影院的客人也不見了，跟着父親笑彎了腰的客人也不見了。母親沒有了愛打牌的太太們，我沒有了總統命，沒有了丈母，沒有奶黃色的小房間。

每天吃了晚飯，屋子裏沒有打牌的客人，沒有談笑的客人，一家人便默默地懷念着那座舊宅，因爲這裏邊埋葬了我的童年的愉快，母親的大三元，祖母的香堂，和父親的笑臉。祇有一件東西父親沒忘了從舊宅裏搬出來，那便是他在我身上的金黃色的夢。抽了飯後的一支煙，便坐着細細地看我的文卷，教我學珠算，替我看臨的黃庭經。時常說：『書算是不能少的裝飾品，年紀輕的時候，非把這兩件東西弄好不可的。』就是在書算上面，我使他失望了。臨了一年多黃庭經，寫的字還像爬在紙上的蚯蚓；珠算是稍爲複雜一點的數目便會把個十百的位置弄錯了的。因爲我的書算能力的低劣，對我的總統命也懷疑起來。每一次看了我的七歪八倒的字和莫明其妙的得數，一層鉛似的憂鬱就浮到他臉上。望着我，儘望着我；望了半天，便嘆了口氣，倒在沙發裏邊，揪着頭髮：

「好日子恐怕不會再回來了！」

我不敢看他的眼珠子，我知道他的眼珠子裏邊是一片空白，叫我難受得發抖的空白。

那年冬天，祖母到了她老死的年齡，在一個淸寒的十一月的深夜，她閉上了眼瞼。她死得很安靜，沒喘氣，也沒掉拗，一個睡熟了的老年人似地。她最後的一句話是對父親說的。

「耐着心等吧，什麼都是命；老天會保佑我們的。」

父親沒說話，也沒淌眼淚，祇默默地瞧着她。

第二年春天，父親眼珠子裏的憂鬱淡下去了，潑剌的春意好像把他的自信力又帶了囘來，臉上又有了愉快的笑勁兒。那時候我已經住在學校裏，每星期六囘來總可以看到一些温和的臉，吃一頓快樂的晚飯，雖說沒有客人，沒有骨牌，沒有白蘭地，我們也是一樣的裝滿了一屋子笑聲。因爲父親正在拉股子，預備組織一個公司。他不在家的時候，母親總和我對坐着，一對天眞的孩子似地說着發財以後的話：

「發了財，我們先得把舊宅贖囘來。」

「我不願意再住那間奶黄色的小房間了，我要住大一點的。我已經是一個大人咧。」

「快去騙個老婆囘來！娶了妻子才讓你換間大屋子。」

「這輩子不娶妻子了。」

「胡說，不娶妻子，生了你幹嗎？本來是要你傳宗接代的。」

「可是我的丈母現在全沒了。」

「我們發了財，她們又會來的。」

「就是娶妻，我也不願意請從前上我們家來的客人。」

「那些勢利的混蛋，你瞧，他們一個也不來了。」

「我們住在舊宅裏的時候，不是天天來的嗎？」

「我們住在舊宅裏的時候，天天有客人來打牌的。」

「舊宅啊！」

「舊宅啊！」

母親便睜着幻想的眼珠子望着前面，望着我望不到的東西，望着迢遠的舊宅。

「總有一天會把舊宅贖回來的。」

在空廣的憧憬裏邊，我們過了半個月活潑快樂的日子；我們扔了醜惡的現實，凝覷着建築在白日夢裏的好日子。可是，有一天，就像我十六歲時那一天似的，八點鐘模樣，父親回來了，和一雙白茫茫的眼珠子一同地。沒說話，怔着坐了一會兒便去睡在牀上。半晚上，我聽到他女人似的哭起來。第二天，就病倒了。那年的暑假，我便在父親的病榻旁度了過去。

「人眞是卑鄙的動物啊！我們還住在舊宅裏邊時，每天總有兩桌人吃飯，現在可有一個鬼來瞧瞧我們沒有？我病到這步田地，他們何嘗不知道！許多都是十多年的老朋友了，許多還是我一手提拔出來的，就是來瞧瞧我的病也不會損了他們什麼的。人眞是卑鄙的動物啊！我們還住在舊宅裏邊時，害了一點傷風咳嗽，就這個給請大夫，那個給買藥，忙得屁滾尿流——對待自己的父親也不會那麼孝順的。我不過窮了一點，不能再天天請他們喝白蘭地，看電影，坐汽車，借他們錢用罷咧，已經看見我的影子都怕了。要是想向他們借錢，眞不知道要擺下怎樣難看的臉了！往後的日子長着呢！……」

喃喃地訴說着，末了便抽抽咽咽地哭了起來。

這不是病，這是一種抑鬱；在一些抑鬱的眼淚裏邊，父親一天天地憔悴了。

在牀上躺了半年，病才慢慢兒的好起來，害了病以後的父親有了頽唐的眼珠子，蹣跚的姿態，每天總是沉思地坐在沙發裏咳嗽着，看着新聞報本埠附刊，靜靜地聽年華的跫音枯葉似地飄過去。他是在等着我，等我把那座舊宅買囘來。是的，他是在耐着心等，等那悠長的四個大學裏的學年。可是，在這麼個連做走狗的機會都不容易搶到的社會裏邊，有什麼法子能安慰父親頽唐的暮年呢？

我的骨格一年年地堅實起來，父親的骨格一年年地脆弱下去。到了我每天非刮鬍髭不可的今年，每天早上拿到剃刀，想起連刮鬍髭的興致和腕力都沒有了的父親，我是覺得每一根鬍髭全是生硬地從自己的心臟上面刮下來的。時常好幾個禮拜不回去；我怕，我怕他的眼光，他的眼光在——

『喝吧，吃吧，我的血，我的肉啊！』那麼地說着。

我是在喝着他的血，吃着他的肉；在他的血肉裏邊，我加速度地長大起來，他加速度地老了。他的衰頹的咳嗽聲老在我耳朵旁邊響着，每一口痰都吐在我心臟上面。逃也逃不掉的，隨便跑到那兒，他總在我耳朵旁邊咳嗽着，他的抑鬱的眼珠子總望着我。

到了星期六。同學們高高興興地回家去；我總孤獨地待在學校裏。下午，便獨自個兒坐在窗前，望着寂寞的校園，痴痴地：

『要是在舊宅裏的時候，每星期回去可以找到一個愉快的父親的。』懷念着失去了的舊宅裏的童年。『父親也在懷念着吧？懷念一個舊日的戀人似的懷念着吧！』

六年不見了的舊宅也該比從前蒼老得多了。眞想再到這屋子裏邊去看一次，瞧瞧我的老友們，那間奶黃色的小房間，牀根那兒的三枚釘，桌子底下牆洞裏的小鐵箱。

接到父親的信的那星期六下午——是一個晴朗的五月的下午，淡黃的太陽光照得人滿心歡喜，父親的臉色也明朗得多——和父親一同地去看我們的舊宅，去祝賀俞老伯的進屋吉期。

那條街比從前熱鬧得多了，我們的屋子的四面也有了許多法國風的建築物，街旁也有了幾家鋪子，祇是我們的屋子的右邊，還是一大片田野，中間那座傾斜的平房還站在那兒，就在腰上多加了一條撐木，粉牆更黝黑了一點。舊宅也蒼老了許多，爬在牆上的紫籐已經有了昏花的眼光，那間奶黃的小房間的窗關着，太陽光照在上面，看不出裏邊窗紗的顏色，外面的百葉窗長了一臉縐紋，伸到圍牆外面來的菩提樹有了婆娑的姿態。

我們到得很早，客廳裏祇三個客人。客廳裏的陳設和從前差不多，就多了隻十二燈的落地無線電收音機。俞老伯不認識我了，從前他是時常到我家來的，搬了家以後，祇每年新年裏邊來一次，今年卻連拜年也沒來。他見了我，向父親說：

「就是少南嗎？這麼大了！」

「日子眞容易過在這兒爬着學走路還像是昨天的事，一轉眼已經二十多年了。」

「可不是嗎，那時候我們年紀輕，差不多天天在這屋子裏打牌打一通夜，現在興致也沒了，精力也沒了。」

「搬出了這屋子以後的六年，我眞老得厲害啊！」父親歎息了一下，望着窗外的園子不再做聲。

兪老伯便回過身來問我在那兒念書，念的什麼科，多喒能畢業，聽我說念的文科，他就勸我改理科，說了一大篇中國缺少科學人才的話。

坐了一回，客人越來越多了，他們談着笑着。兪老伯說過幾天公債一定還要跌，他們也說公債還要跌；兪老伯說東，他們連忙說東，說西，也連忙說西。父親祇默默地坐着，他在想六年前的「洋人大笑；」想那些跟着他愛喝白蘭地的客人，跟着他愛上電影院的客人想他的雪茄想他的沙發。

「去瞧瞧你的屋子。」父親站了起來又對我說：「跟我去瞧瞧吧，六年沒來了。」

「你們爺兒倆自己去吧，我也不奉陪了；反正你們是熟路。」兪老伯說。

「對了，我們是熟路。」一層青色的憂鬱從父親的明朗的臉色上面掠了過去。

我跟在他後面走到客廳後邊樓梯那兒。在樓梯拐灣那兒，父親忽然回過身子來：

「你知道這樓梯一共有幾級？」

「五十二級。」

「你倒還記得。這樓梯得拐三個灣，每一個拐灣有十四級。造這屋子是我自己打的圖樣，所以別的事情不大記得清楚，這屋子裏有幾粒灰塵我也記得起來的。每一級有兩英尺闊，十英寸高，八英尺長，你量一下，一分不會錯的。」

說着說着到了樓上，父親本能地往他房裏走去。牆上本來是漆的淡綠色的漆，現在改漆了淺灰的。瞎子似地，他把手摸索着牆壁，艱苦地，一步步的捱進去。他的手哆嗦着，嘴也哆嗦着，低得聽不見的話從他的牙齒裏邊漏出來：

『我們的牀是放在那邊窗前的，牀旁邊有一隻小机，机上放着隻煙灰盤，每晚上總躺在牀上抽支煙的。机上還有盞綠紗罩着的燈——還在啊，可是換了紅紗罩了。』

走到燈那兒，轉輕地摸着那盞燈，像摸一個兒子的腦袋似地。

『他們爲什麼不把牀放在這兒呢？』看看天花板，又仔細地看每一塊地板：『現在全裝了暗線了。地板倒還沒有壞，這是柚木鑲的，不會壞的，我知道，我知道得很清楚，因爲這屋子是我造的，這房間裏我睡過十八年，是的，我睡過十八年，十八年，十八年……』

隔壁房間裏正在打牌。那間屋子本來是母親的客廳和牌室，大概現在也就是兪太太的客廳和牌室了吧。一些女人的笑聲和孩子們的聲音很清晰地傳到這邊來，就像六年前似的。

「再到別的房間去瞧瞧吧。」父親像稍爲平靜了些，祇是嘴脣還哆嗦着。走過兪太太的客廳的時候，祇見擠滿了一屋子的，年輕的，年老的太太們。

「六年前，這些人全是我的丈母呢！」那麼地想着。

父親和兪太太招呼了一下：「來瞧瞧你們的新房子。」也不跑進去，直往頂東面從前祖母的房間裏走去。像是他們的小姐的閨房，或是他們的少爺的新房，一房間的立體兒的衣櫥，椅子，梳妝臺，那四隻流線式的小沙發瞧過去，視線會從那些飄蕩的線條和平面上面滑過去似的。又矮又闊的牀前放了雙銀綢的高跟兒拖鞋，再沒有大麻子的銅脚爐了。祖母的紅木的大箱大櫥全沒了！掛觀音大士像的地方兒掛一張瓊克勞福的十寸簽名照片，放香爐的地方放着瓶玫瑰——再沒有甜淨的素香的煙盤繞着這古舊的房間！我想着祖母的唸佛珠，沒有門牙的嘴，蓮心粥，淸淨空寂的黃昏。

『奶奶是死在這間屋子裏的。』

『奶奶死了也快六年了！』

『上三層樓去瞧瞧吧？』

『去瞧瞧你的房間也好。』

我的房間一點沒改動，牆上還是奶黃色的油漆，放一隻小牀，一輛小汽車，祇是沒掛窗紗，就和十年前躺在牀上背共和國民教科書第五册時那麼的。推開窗來，窗外的園子裏那些小樹全長大了，還是八顆玫瑰樹，正開了一樹的花，窗前那條電線上面，站滿了麻雀，吱吱喳喳的鬧。十年前的清淨的心，清淨的小房間啊！我跑到桌子底下想找那隻小鐵箱，可是那牆洞已經給砌沒了。牀根那兒的三枚釘卻還在那兒，已經禿了腦袋，發着鈍光。

『那三枚釘倒還在這兒！』看見六年不見的老友，高興了起來。

父親忽然急急地走了出去：『我們去吧。』頭也不回地直走到下面，也沒再走到客廳裏去告辭，就跑了出去。到了外面他的步伐又慢了起來，低着腦袋，失了知覺地走着。

已經是黃昏時候，人的輪廓有點朦糊，我跟在父親後邊，也不敢問他可要雇車，正在爲難，瞧見他往前一衝，要摔下去的模樣，連忙搶上去扶住了他的胳膊。他站住了靠在我身上咳嗽起來，太陽穴那兒滲出來幾滴冷汗，咳了好一會才停住了，閉上了眼珠子微微地喘着氣，鼻子孔裏慢慢兒的掛下一條鼻涕子來。

『爹爹，我們叫輛汽車吧？』我湊到他耳朵旁邊低聲地說——天哪，我第一次瞧見他的鬢髮眞的已經斑白了。

他不說話，鼻涕子儘掛下來，掛到嘴唇上面也沒覺得。

我掏出手帕來替他抹掉了鼻涕，扶着他慢慢兒的走去。

二十二年五月二十二日

百日

一

她坐在丈夫的遺像前面，這位老實的呂太太，捧着水煙筒，獨自個兒咕噥着：

「日子過得那麼快啊！後天竟是他的百日哩。過得眞快啊！那麼快啊！」

眼淚糊糊塗塗的在往胸口那兒擠，便睒一睒眼，縐着眉想，想到那天他眼皮翻呀翻的就翻了上去。……

她捧住了他的人中，哭着喊：

「你醒囘來哪，爹爹！」

他的紫嘴脣抽搐着，掙扎了半天，嘴一歪，用最後的一口氣哭了出來，兩顆瘦眼淚掛到乾枯的臉上，鼻子裏邊流出清水來，眼皮便閉上了。

「爹，你答應我哪！醒回來啊！醒回來啊！爹！你怎麼不會說話啦！」

可是他連氣也沒嘆一口。

「他就那麼去了！那麼去了，扔下了我！」不信地搖了搖腦袋，想到他的臉，想到他的笑，想到他說話的聲音，想到十八年前一同坐着馬車遊徐園的日子，想到廿年前在大舞臺着梅蘭芳演天女散花的日子，他的輪廓是那麼新鮮地，活生生地在她的記憶裏邊生存着，就像昨天還在那兒跟她擡槓兒似的；於是又想到自己怎麼跟他吵架，怎麼跟他胡鬧，使他爲難。

「爲什麼待他那麼壞呢！天哪，可憐他一輩子沒好好兒的吃一點，穿一點，沒安安靜靜的玩一天，可是他就那麼去了，又沒好好兒的給他做過一天水陸道場，念給他一本經，連錫箔也燒得不多，梁皇懺也沒拜過。一雙空手來，一雙空手去，怎麼對得住他啊！他怎麼就那麼去了，一個大也不留給我，一句話也不交待我，叫我拿什麼給他拜懺，給他做道場呢？日子過得那麼快，九十八天了！百日總該好好兒的給他念些經，我總對得住他啊。」

太息了一下：「可是，我拿什麼去給他念經呢！」

便放下了水煙筒，扳着手指，在心裏邊兒盤算着：

「祇四十二元錢，三龍初一進店，得辦桌酒請先生，請同事，總得十二元，還有三十元，百日那天，一堂焰口，一堂懺，拜梁皇懺得十三名和尚，八角一名，十一元，香火一名，祭菜，香燭，麵點，紙紮，茶擔……」

算了半天，三十元錢怎麼也不能夠，除非那堂焰口不放；老實的呂太太越算越心煩，末了，祇得嘆了口氣道：「叫我拿什麼去對得住他呢！」

想到他在世的時候，自己什麼都不用費心，就一陣心酸拿手帕抹了抹鼻子，慢慢兒的把他的好處一件件的想了起來越想越想不了，越想越傷心，便抽抽咽咽的哭起來。獨自個兒哭了一回！

『祇四十二元了！怎麼用得那麼快？這三百元還是初七那天從恆康錢莊裏拿出來的，怎麼用得那麼快！』抹乾了眼淚，一面抽咽着，一面縐着眉想：『房租七十五元，飯菜三十元，米十元，油鹽醬醋八元，一共是一百二十三元，電燈五元五角三分，一百二十八——算牠一百三十元吧，柴九元二角，那麼，是一百四十元，廚司十元，林媽五元，蘇州娘姨五元，二十元加一百四……還有！給他做了個材套三十四元半，算三十五吧，加起來也祇一百九十五，差多着呢！難道零零碎碎就用了那麼多嗎？對了，還有巡捕捐三十二元七角五，掃街錢一元，就算一共是二百三十元吧，現在祇有四十二元了，差二十八元，該死！怎麼零用就用了那麼多呢？該死，這錢省下來，可以給他放焰口了，還可以用九個和尚，天哪，我眞該死，我怎麼對得住他啊！」

她又哭了起來，一面嘴裏含糊的說：「你也不能怪我哪，爹！你又沒一個大留下來，又沒交待一句話。你知道他們怎麼欺侮我的，你瞧瞧他們的臉啊！我總對得住你的，你死下來那一樣不用錢，我眞的全用完了，我問誰去要呢。這次祇好委屈你了，我放焰口放不起，你不能怪我哪，爹！」

可是她慢慢兒的又想了回來：「放焰口沒多大用處，也是放給野鬼看，請請他們的。爹不會怪我的！可是，話是那麼說，我怎麼對得住他啊，他生前沒待錯我，他是那麼善良的人。這麼多人沒一個對得住他，可是我怎麼能對不住他哪！我向誰去要錢呢？他又死了……問他們去借一借吧？」

想起了上次滿七時問他們借時那一張張難堪的臉，她又拿不定主意起來了。

「怎麼向他們開口呢？借錢是那麼難啊！」

老實的呂太太坐在那兒儘那麼想，想到十二點鐘才拿定了主意：「死也要向他們借的。他們不借，我就拚了這條命吧，我總該對得住他！」那麼地想着連自己也感動了。差一點又掉下眼淚來，映了映眼，一陣疲倦掩了上來，「我總該對得住他的！」那麼地說着便睡熟在圈椅裏邊了。

第二天，她吃了中飯，稍微梳了一下頭髮，便急急忙忙的跑到三叔那兒去。三叔家的在那兒打牌，三叔躺在煙鋪上面燒煙。她坐在煙鋪那兒，自己的嘴問着自己的心：

「怎麼開口呢？」

商量了半天，便自言：「明天是他的百日哩！」那麼太息了一下，講了起來。「三叔，你看怎麼給他做法？」

三叔把煙泡在手指上面滚了幾下才說道：「叫七名和尙拜堂懺吧，反正也不會有什麼人來。」

這輕淡的話蜂螫似的刺痛了她，她打了個寒噤說道：「那不會太對不住他嗎？」

「這還不是做給活人看？」

「我想叫十三名和尚給他拜堂梁皇懺，晚上叫九個和尚放堂焰口，你看怎麼樣？」

她偷偷他瞧着他的臉。

他卻不動聲色地：「也好。」

她怕他心裏想，自己沒錢，還這麼做那麼做，就陪小心似的說道：「我想過了百日也沒什麼時候可以給他燒錫箔了，要做也祇有那麼一天了，再說七裏也沒好好兒的給他做一次，所以想給他拜一堂梁皇懺。」

他不作聲，在那兒慢慢兒的，挺有味的燒他的煙。

「白天十三名和尚，晚上八名和尚，一名法師，再加兩個香火，八角一名，法師一元六，得二十元錢，再加香燭，祭菜，紙紮彩燈——你看預備幾桌素菜？總有幾個人來的。」

他燒完了煙泡，把煙籤放好了，轉了個身，搔了下腦瓜，仰天躺着，隨口說道：「三桌也夠了，不會有誰來吧，頂多是自己本家幾個人。」

「三桌菜！後天總得四五十元錢才能開銷，你說怎麼樣？」

「差不多！」他喝了口茶，閉上了眼珠子。

「用錢用得眞快，這個月付了房錢什麼的，三百元已經完了，」她不敢再瞧他的臉，低下腦袋去瞧煙燈。「家裏祇四十二元錢了！三龍初一進店，也得請桌酒，你看……我想……」不借就拚了條命吧，用了那麼的勇氣，心裏想：「能不能借我五十元錢？」嘴裏卻——「能不能借我三十元錢呢？」那麼地，輕到像在肚子裏邊說話似地講了出來。

他不說話。她擡起腦袋來祇見他躺在那兒呼呀呼的打起磕睡來了。她想跳起來說：「假的！你沒睡着。」可是祇在心裏邊兒抽咽着：「爹，連你的兄弟也把你忘了！」

於是她悄悄的站起來，站到三叔家的後邊兒瞧他們打牌。他們打得那麼得意，就不理會後天是他的百日似的。她奇怪着：「他們的記性那麼壞嗎？他們難道眞的不記得他已經死了九十八天了嗎？」

看了一回，趁他們洗牌的時候她說道：「後天是他的百日哩！」

「眞快啊！」三叔家的那麼說了一句，便催對面的莊家道：「快一點，還祇打了六圈！眞慢得要命。」

「眞快啊！他死的前一天還對我說，叫我把去年的絲棉袍子給他重翻一下，說綫脚全斷了，絲棉聚在一堆脊梁那兒薄得厲害，不夠暖。他素來是那麼淸楚的，到斷氣的時候也沒昏過一分鐘，他對我說，說我要吃苦的，說他死了以後，我一定要苦的，眞給他說中了，他死了還祇九十八天，我已經苦夠了，那天他早上起來還是好好的，也不氣喘，也不咳嗽，吃中飯的時候二叔婆來瞧他，他還想豎起身來讓她坐，二叔婆那人眞是老悖了……」

他們全一個心兒的在打牌，沒理會她，就沒聽到她在說什麼似的。她說呀說的沒意思起來，便站起來走了，一面在心裏想着：「我又不問你們借錢，我是問三叔借錢。我跟你們說話，也該答應我一句。三叔也是那麼待理不理的，可也不能怪他，他也是一家開銷，這幾年做生意也不順手，他也沒錢，又不好意思回我。可是叫我怎麼對得住他啊！那天二叔婆來看他，他還讓她坐，二叔婆眞的老悖了，瞧着他說「你不相干吧？去不得的，老婆兒子一大堆。」叫他聽了這話怎麼不難過呢？」

一面想，一面往二伯家裏走去。她想告訴人家，想同人家講，講她丈夫的事，講他是怎麼善良的一個紳士，她也不想二伯能夠借錢給她，她祇希望他能靜靜地聽她講，她希望他也能夠告訴她，跟她講她丈夫的事，她希望能夠有一個人像她那麼的記住今天是他死了以後第九十八天。

走到二伯家裏，二伯坐在那兒看報，他家的在房裏換衣服，孩子們全穿得挺齊整的預備上街的樣子。她在他對面坐了下來，接了他遞給她的水煙筒，一面裝着煙：

「上街嗎？」

「上大光明看電影去。一同去吧？新開的。」

「你們去吧，我不去了。」莫名其妙地感傷起來。爲什麼那麼巧呢？要想講幾句話恰巧他們要看電影去。連一個可以談談心的人也沒啊！「我還有事，後天是他的百日呢！」便刺了他一下似的愉快着。她的意思是：「連他的百日也忘記了，怎麼對得住他啊，你？」

「後天嗎？」祇那麼毫不在乎地反問了一句。

她，一個打了敗仗的將軍似地嘶嗄着聲音，歇斯底里地說：「不是嗎？還有兩天。今天廿六，明天廿七，後天廿八，就是廿八那天。」

「日子過得眞快啊！」

她想不到他那麽說了一句就算了，她沒辦法，嘆息了一下，不再說話，在心裏邊想：

「焰口大概放不成了，祇三十二元錢。他們全沒把他的百日當一會事。」

二伯家的換了衣服跑出來：「二嫂也一同去吧？大光明，片子很好。」

「你們去吧，我不去了。」

「那麽你在這兒坐一回，等我們回來，叫人來打牌吧。」

「我在這兒坐一回就走的，打牌也打不動，也沒興致，改一天打吧。」

她坐在那兒怔怔地抽着水煙，瞧他們一大串人，老的小的，高高興興的跑出去，又想起了看梅蘭芳的日子，便對站在她身旁切鞋底的傭婦說：「你們太太興致眞好！」

那傭婦笑了一聲說：「可不是嗎！二太太，你從前興致不也很好的嗎，怎麽近來像心煩得了不得的樣子？」

『可不是，從二先生過了世，什麼事也提不起興致來了。眞快，後天是他的百日哩。』

『二先生在世的時候，眞是頂善良的人啊！』

『眞的，誰都說他好。他沒有架子，老是那麼滿臉笑勁兒的，嗳，做人眞沒趣，三月裏他上你們這兒來打牌，還是好好兒的一個人，誰想得那麼快就回娘家去了。他害了三個月病，沒在牀上躺過一天，一直到死的那天還是很淸楚的——』

那傭婦忽然岔進來道：『二太太，你瞧，我鞋底切得怎麼樣？緊不緊？』

她瞧了她一眼：『究竟是粗人，跟她講話就沒聽。不識擡舉的！』那麼地想着便放下了水煙筒——『後天叫你們先生和太太到壽星庵來吃中飯，後天是二先生的百日。』就走了出來往壽星庵走去。在壽星庵的賬房裏邊她跟他們說了後天要十三名和尚拜堂梁皇懺，定三桌素菜。

『晚上怎麼呢？還是放堂焰口還是怎麼樣？』

「焰口也不用放了，你知道的，呂先生在世的時候，眞是頂善良的人，也沒一個寃家，也從來沒有架子；焰口本來是請野鬼的，呂先生那樣的好人自然有菩薩保護他，那裏會受野鬼欺他？眞是個善良的人啊！」那麼累贅地講了起來。「那年他在鄉下造了三座涼亭，鋪了五里路，他做了許多許多好事，前年還給普陀的大悲寺捐了座大殿呢！祇要看了他的臉就能知道他是好人了，他有一個和氣的笑勁兒，兩道慈祥的眉毛……」

一個五十多歲的，穿了大團花黑緞袍的，很莊嚴的婦人從門外走了進來，後邊跟着一個整潔的傭婦。賬房裏的和尙站了起來道：

「呂太太，你請在這兒坐一回。」便忽忽的趕出去接那位莊嚴的婦人。

她問站在旁邊的香火道：「她是誰？」

「蔣太太，在這裏捐過三千元錢的。上禮拜還在這兒做了三天水陸道場給她家的先生。」

於是她低下了腦袋走出來，走過了院子，走到門口。街上一片好陽光，溫煦地照到她身上，她手上反映着太陽光的金鐲在她眼前閃了一下，想到拐角那兒的當店，又回了進去道：「晚上放一堂焰口也好吧。」

在心裏嘆息了一下：「這一下我總對得住他了吧！」

走了出來在浸透了溫煦的太陽光的街上踽踽地走着，她想：「跟誰去談談他的事呢？我跟這個說，跟那個說，他們就沒存心聽我。」

街上很鬧熱，來去的人很多；什麼都和從前一樣。她奇怪着；爲什麼世界上少了一個他，就像少了一個螞蟻似的，沒一個人知道，沒一個懷念他，沒一個人跟我講起他，沒一個情願聽談他的往事。

半小時後她囘到家裏，怔怔地望着她丈夫的遺像，嘴裏咕嚷着：

「那天他還跟我說，說絲棉袍子太舊了，綫脚全斷了，得重新翻一下……」

於是她一個非常疲倦了的老婦人似地，坐了下來；她想：「爲什麼他不跟我講話啊！」

十二月十五日，一九三三年。

本埠新聞欄編輯室裏一札廢稿上的故事

我是一個校對員，每天晚上八點鐘就坐到編輯室裏的一張舊寫字桌旁邊，抽着廉價的紙煙，翻着字紙簍裏的廢稿消磨日子。字紙簍是我的好友，連他臉上的痣我也記得一清二楚的。他的肚子裏邊放着大上海的悲哀和快樂。上海是一個大都市，在這都市裏邊三百萬人呼吸着，每一個人都有一顆心，每顆心都有它們的悲哀，快樂和憧憬——每晚上我就從字紙簍的嘴裏聽着它們的訴說，聽着它們的吶喊，聽着它們的哭泣，聽着它們的嬉笑。這全是些在報紙上，雜誌上看不到的東西，因爲載在報上的是新聞，載在雜誌上的是小說，而這些廢稿卻祇是頂普通的，沒有人注意的事。我也曾爲了這些廢稿上的記載太息過，可是後來慢慢兒的麻木了，因爲這是頂普通的，沒有人注意的事，就是要爲了它們太息也是太息不了的。可是那天我看到了這一札廢稿，我又激動起來啦。我特地冒充了記者去調查了一下。我爲了這故事難過了好多天，記在這裏的全是我所聽到看到的——可是我希望讀者知道，這不是新聞，也不是小說，祇是頂普通的一件事的記載。

一

下面就是那札廢稿上的原文：

「今晨三時許，皇宮舞場中一舞女名林八妹者，無故受人毆打，該舞場場主因兇手係有名流氓，不惟不加驅逐，反將此舞女押送警所，謂其搗亂營業云。記者目擊之餘，憤不能平，茲將各情，分誌如下，望社會人士，或能爲正義而有所表示也。

漂泊身世　該舞女原籍廣東梅縣，芳齡二九，花容玉貌，身材苗條，向在北四川路虬江路×舞場爲舞女，方於今年三月改入皇宮舞場服務。八妹生性高傲，不善逢迎，是以生意清淡，常終夜枯坐，乏人過問。據其同伴語人，謂八妹之假母凶狠異常，因八妹非搖錢樹，遂時加責打，視若奴婢，且不給飯吃；八妹每暗自啜泣，不敢告人。

出事情形　今晨三時許，八妹因門庭冷落，枯坐無聊，倚几小寐之際，不料禍生肘側，橫遭欺辱。先是有一「象牙筷」者，爲法界某大亨之開山門徒弟，與三四狎友，並攜來他處舞女數名在皇宮酣舞；該場場主旁坐相陪，趨候惟恐不週。「象牙筷」業已半醉，高呼大叫，全場側目。某次舞罷，覺徘徊八妹座前，與之調笑。八妹低頭不理，詎「象牙筷」老羞成怒，將八妹青絲扭住，飽以老拳，並加辱駡，謂：『爛汚貨，你也配在大爺前面擺架子！』八妹區區弱質，無力抵抗，迨他人拉開，已被毆至遍體鱗傷矣。該場場主，且呵斥八妹，不應得罪貴客，當即將八妹解雇。

嗚警拘捕　事後八妹出外，嗚得六分所警士到來，欲入場拘捕凶手，經該場場主阻止，謂此並非本場舞女，因敲詐不遂，故來搗亂，請將其拘捕，以維秩序。八妹處此重壓之下，百喙莫辯，反被拘押於六分所云。」

二

看了這張廢稿的第二天，我找到一位當時在場的人；我問他，究竟是怎麼回事，他就把底下那樣的話告訴了我：

「坐着坐着，煙灰盤子裏的煙灰又快滿了，她卻靠着茶几睡熟啦。我早就注意她了，這可憐的孩子。那天是禮拜日，六點鐘茶舞會的時候就上那兒去的，客人擠得了不得，每個舞女都跳得喘不上氣來，埋怨今天的生意太好了；還有一個叫梁蘭英的每一次總有十多個人去搶她，一到華爾姿的時候，祇見許多穿黑衣服的少年紳士從每一個角上跳出來賽跑似的往她前面衝去，我坐了一晚上沒見她空過一隻音樂。可是她，那可憐的孩子，你說的那林八妹卻老坐在那兒，沒一個人跟她跳。我本來早就想去了，就為了她，便拚明天不上辦公處去，在那兒坐一晚上，看究竟有人跟她跳一次沒有。

她坐在那邊兒角上，不大叫人注意的地方，穿了一件蘋菓綠的西裝，沒穿襪子，人生得不好看，一張沒有表情的臉，比化石還麻木點兒似的。先還東張西望的想有客人來跟她跳，往後她知道沒用了，便坐在那兒，話也不說一句，動也不動的——那對眼珠子啊！簡直是死囚的眼珠子，望過去像不是黑的，閃着絕望的光。

一次又一次的燈光暗了下來，一次又一次的爵士樂直刺到人的骨頭裏邊，把骨髓都要抖出來似的，一次又一次的舞女在客人的懷裏笑着，一次又一次的，音樂的旋律吹醉了人，她卻老坐在那兒。

像世界的末日到了似的，舞場裏邊每一個人都掉了靈魂舞着，那麼瘋狂地！舞場老閭笑掉了牙齒。誰知道呢，還有她那麼個哭也哭不出來的人在這兒？沒有人知道，也沒誰管，我替她難受。

十二點鐘那時候，人慢慢兒的少下去了，場子裏邊每一次音樂祇有八九對人在舞着。這一次她知道眞的絕望了，我看見她深深地嘆了口氣，站起來跑到外面去。坐在我前面的兩個舞女在那兒說她：

「八妹又去哭哩！」

「眞奇怪，怎麼會天天那麼的，一張票子也沒。」

我湊上去問：「天天沒票子嗎？」

「難得有人跟她跳的。」

「那麼她怎麼過活呢？」

「做舞女眞是沒一個能過活的！」太息了一下。「她是越加難做人了。我們在這兒做，跳來的票子跟老板對拆，跳一個鐘頭，祇兩塊半錢，那錢還不是我們的，得養活一家子，那還是說我們生意好的，像林八妹那麽的，簡直是活受罪，你不知道她囘到家裏怎麽受苦啊。」

「可是你們不是一天到晚嘻嘻哈哈的很高興嗎？」

「不嘻嘻哈哈的難道成天的哭喪着臉不成？」

說到這兒，還有個舞女猛的道：「『象牙筷』又來了！」

來了一大夥人，三個穿綢袍的，一個穿西裝的，還帶了幾個新新裏的舞女。那穿西裝的像有點兒喝醉了，走路七歪八倒的。

「『象牙筷』來了，又是我們該晦氣！」

「怎麽呢？」

「這小子老是喝楞了眼才跑這兒來，來了就是我們的晦氣。他愛開玩笑，當着大夥兒動手動脚的，不管人家受不受得住。」

「別理他就得了。」

「別理他，哈哈！你知道他是誰？」

「誰？」

「×××的開山門徒弟！你別理他！他老闆還在那兒拍他馬屁，祇怕拍不上，你別理他！」

「那一個是『象牙筷』？」

「那個穿西裝的，坐在林八妹座位那兒的。」

這一回我仔細的瞧了一下，這小子生得很魁梧，有兩條濃眉，還有一對很機警的眼珠子，嘴可以說生得漂亮，衣服很也端整。他的桌子上那幾個都不像是好惹的人。

「象牙筷」還在那兒喝酒，一杯白蘭地一仰脖子就灌下去，把杯子往桌上一扔，站起來拉了個他們帶來的舞女跳到場子裏邊去了。大家都看着他場子裏祇他一對。跳是跳得很不錯。那一隻音樂特別長，音樂所像在那兒跟他開玩笑似的。音樂一停，大夥兒就拍起手來，那傢伙也眞臉厚，囘過身子來鞠了一躬。那麼一來，大夥兒又拚命的拍起手來啦。他笑着走囘去，走過林八妹的座位前面——她不知道多嗜跑進來的，我就沒留神——見她低着腦袋坐在那兒，便道：

「小妹妹可是害相思病？」

她旁邊的舞女說道：

「她今天一張票也沒，氣死了；你別跟她胡鬧了吧。」

「是的嗎？下一次音樂我跟你跳，別再害相思病哩。」

跑到桌上去又灌了一杯白蘭地，再走到林八妹前面，不知怎麼的這囘才瞧見了她是穿的西裝，沒穿襪子。

「瞎，小妹妹，好漂亮！好摩登！洋派！眞不錯，什麼的不穿襪子！」眼珠子光溜溜的儘瞧她的腿。

林八妹白了他一眼，他就碰得跳起來道：「不得了，小妹妹跟我做媚眼，要我今晚上開旅館去！」

大夥兒鬨的笑了起來，他就越加高興了，把林八妹的裙子一把拉了起來；「大家瞧，小妹妹眞摩登！不穿襪子！洋派！」林八妹綳下了臉，駡道：「鬧什麼，賊王八！」

他也頓時綳下臉來；「××！××給你吃！」就那麼的「××給你吃，××給你吃」的，嘴裏邊那麼說着，把一個中指拚命的往她嘴裏塞。

她也火起來了；「我×你媽！」

「媽的，小娼婦，你在大爺前擺架子？」拍！就是一個耳括子。

「狗×的……」

「你敢罵大爺？」

索性揪住了她的頭髮，拍拍的一陣耳括子，一會兒許多人跑了上去，什麼也瞧不見啦。祇見舞場的老板把林八妹拉了往外跑，她怎麼也不肯出去，頭髮亂着，滿臉的眼淚，嚷着，鬧着，非要回去打還他不罷手似的。「象牙筷」叫人家勸住了，還站在老遠的罵：「你再罵大爺不要你的命？你再敢罵？」

我就跑過去，祇聽得老闆在跟她說：

「你跟他鬧，沒好處的。你是什麼人。他是什麼人！」

她拚命的嚷着：「我不管！我不管！他憑什麼可以那麼的打我！」

老闆把她抱起來，往門外走去，她一個勁兒的掙扎着：「爲什麼？爲什麼？你們爲什麼合着欺我？」

大夥兒見她那副哭着嚷的模樣兒，忽然拍起手來，拚命的笑着。我難受極了。還笑她！

「還笑她？」

「要不然怎麼呢？我們又不能幫她。」

眞的，她們有什麼法子呢？我明白的，她們也替她難受，她們祇得笑。我跑到外面，祇見林八妹還在那兒硬要進來拚命，侍者攔住了她，勸她：

「你別哭了，今天還是囘家裏去吧。」

她掙了出來，就往門口跑去，叫老闆一把扯了囘來：

「你給我滾！你那麼的舞女地上一抓就是十來個，要你來給我拆生意？你滾！這裏不許你進來！」

她撲到他身上：「不管！我八也做夠了，苦也受夠了！我不管！我一生到地上就叫大家欺！我叫人家欺夠了！我叫人家欺夠了！」

「給我救他出去！」

兩個服侍她一個，把她拉到扶梯那兒，她猛的嘆了口長氣，昏過去啦。牙齒緊緊的咬着，臉白得怕人，頭髮遮着半張臉，呼吸也沒有了似的，眼淚儘淌下來。我不能再看她，我走進去，坐到桌上，抽一枝煙；我懊悔自個兒不該在這兒待這麼久，看到了那麼不平的事情。那老闆還坐在「象牙筷」那兒跟他賠不是。

「對不起得很，老闆，今天多喝了一點酒，在你們這兒鬧了這麼個笑話。」「象牙筷」說。

「沒干係，你老哥還跟我說那種話！你眞是太客氣了！這舞女本來不是我們這兒的，來了三個月，叫她趕跑了幾百塊錢生意。本來是想叫她跑路了，沒找到錯處。今天幸虧你老哥那麼一來；剛才我已經停了她的生意。」老闆那麼一說，我噴了口煙，叫侍者給我換一個地方——實在不願意再聽下去啊。

坐了一回，我跑到外面去，想看看那可憐的孩子不知怎麼了，剛跑到外面，祇見她和一個巡長在扶梯那兒跑上來。在門口那兒的侍者頭目忙迎上去道：

「老鄉，抽枝煙；」遞了枝煙過去。

「好久不見了。」他接了煙，好像很熟的樣子。「這位姑娘說這兒有一位客人打了她，可有那麼一回事？」

「有是有的，不是打，祇是推一下——」

這當兒老闆跑出來了，一副笑臉跟巡長打招呼：「正有件事想麻煩您老人家，剛才我們這兒，不知那來的一個不三不四的女人——」說到這兒裝着一眼瞥見了林八妹似的「就是她，跑到我們這兒來搗蛋，跟我們的客人鬧，客人全叫她給趕走了……」

林八妹急了起來道：「你不應該的，那麼寃枉着我！」跟巡長說道：「我是這兒的舞女，他認識我的，他寃我，我剛才跟你說過的，有一個客人無緣無故的打了我一頓。」我想上去說，這老闆太不講理了，剛一動嘴，那侍者頭目瞧了我一眼，我想多一事不如少一事，算了吧，還是站在那兒瞧。

那老闆又說下去道：「簡直是笑話，我這兒會要你那麼的舞女！巡長，我們這兒沒有她那麼的舞女的，也沒誰打過她，這兒的許多人都可以證明。是她存心跑來搗蛋，剛才給她跑了，現在她自個兒找上門來，好得很，費您老人家的神，給看起來，明天我請你吃晚飯，咱們再細細的談。」

林八妹急得跳起來，扯住他的胳膊道：「你寃枉人！你寃枉人！怎麼說我跟你搗蛋？打了我，還說我跟你搗蛋！」

「巡長，你瞧他多凶！」說着大家都笑了起來。

林八妹馬上又扯着巡長道：「你別信他！他故意咬我一口。我剛才跟你說過的，我坐在桌子上，一個客人，是流氓，跑來調戲我，我罵他，他就打我，打我的耳括子，你瞧，現在臉還紅着，」把半個臉給他瞧。「我不會騙你的，你應該相信我。」

巡長笑着道：「你可能找個人證明？」

「他們都能證明的。」

「可是眞的嗎？」巡長問那些侍者。

大家都笑着說：「沒看見。」

林八妹瞧見了我，一把扯住我道：「先生，你瞧見的，你說一聲吧！」那麼哀求着的臉。

我剛要說說，老闆已經攔了進來道：「這位先生剛來，怎麼會知道。巡長，你瞧，她可不是胡鬧嗎？我們來了個客人，她又得想法給攆走了！費你神，請帶了去吧。我們生意人，不會說謊寃枉人的。」

巡長拍一下林八妹的肩膀道：「乖乖的跟我去吧。」

這一下她可怔住了，也不掙扎，也不說話，祇瞧了我一眼，跟着他走啦。可是她的眼光我懂得的，是在：

「每一個人都合夥欺我啊！」那麼地說着。

我馬上給了錢，拿了帽子就走。

「法律，警察，老闆，流氓……一層層地把這許多舞女壓榨着，像林八妹那麼的並不止一個呢！」囘去的路上一個兒那麼地想着。

三

那天晚上，我告了假，約了一個曾經上舞場去過的朋友跑到皇宮舞場裏，在帶着酒意的燈光底下坐了下來。那許多舞女全像是很快樂的，那張笑臉簡直比孩子還天眞。我眞不能相信在這麽幽雅愉逸的霧圍氣邊，有着那些悲慘的命運，悲慘的故事。坐了一回，我跟一個侍者談上了，慢慢兒的談到林八妹的事；底下是我和他的對話：

他：──「老實說，舞女多半是那麽的奴隸脾胃，你好好兒的待她吧，她架子偏大，祇配那種白相人。那才是一帖藥，吃到肚裏平平穩穩，保你沒事。譬如你吧，譬如你跳的那舞女，你眞心眞意的待她，她就待理不理的，你要綳着臉不理她，她又跟你親熱得不得了。咱們打開天窗說亮話，舞女那玩藝兒嗎，大爺有錢高興化，不妨跑來玩玩，可是千萬不能當眞，一眞可糟糕！命也會送在她手裏。咱們做侍者的那種事看得多了。就說林八妹吧！也是壞蛋。那性情兒可古怪！到這兒來了幾個月，少說些吧，也叫她給闊去了五百塊錢生意。客人出了錢是找開心來的，誰高興瞧你冷臉？先生，你說這話可不錯？做舞女的，拿了人家錢，應該叫人家窩心，那才是做生意的道理。林八妹，她就不管那些得隨她高興。你先生也是老跑跳舞場的，你可喜歡跟她跳？時常有客人受了她的氣，怪上了舞場，連我們這兒也不來了。』

我：——『可是「象牙筷」是怎麼回事呢？』

他：——『那種事多極了。好的客人受了氣不高興，就不同她跳；「象牙筷」是什麼人？他來受你的氣？』

我：——『聽說是「象牙筷」的不是。不知究竟怎麼樣？』

他：——『講公平話，兩個都有不對的地方兒。「象牙筷」是那麼的，每次上我們這兒來，總喝楞了眼珠子才跑來，又愛跟舞女鬧玩笑。那天也是巧，林八妹剛穿了西裝，沒穿襪子，「象牙筷」又剛巧坐在她後邊兒，不知怎麼一來，叫他瞧見了，便跑到她前面說：

「你好漂亮！不穿襪子！那才是眞的摩登洋派！」那也是很平常的事。既然做了舞女，讓人家開開玩笑也沒多大關係。再說「象牙筷」是大白相人，就是再做得難看一點，也得遷就他。林八妹綳下臉來罵他，他自然動手打了。譬如罵了你，你怎麼呢？還不是一樣嗎？可對？」

我：——「回頭怎麼又把林八妹抓了去呢？」

他：——「那是她自個不生眼珠子，跑到警察局裏去叫了個巡長來，想抓人。開跳舞場的警察局裏不認識幾個人還成嗎？本來抓人不用講誰的理對，誰的理虧，誰沒錢，沒手面，沒勢力，就得抓進去，押幾天，稍微吃一點眼前虧。那天眞笑話，她還要我們證明「象牙筷」打了她。我們吃老闆的飯，拿老闆的錢，難道爲了她去跟老闆作對不成？沒有的事！」

我：——「可是這兒老闆不應該的，停了她生意也夠了，還把她押起來。」

他：——『你先生眞是生得太忠厚了！現在那兒不是這麼的？』

我：——『可是這裏的老闆跟「象牙筷」有多大交情，那麼的幫他？』

他：——『交情是沒多大的交情。可是開舞場吃的什麼飯？得罪了白相人還開得下去嗎？做生意的要面面圓到，老闆也有老闆的難處。犧牲一兩個舞女打什麼緊？眞是！』

我：——「現在林八妹在那兒？」

他：——『還在六分所裏。』

我：——『也是很可憐的人啊！』

他：——『嘻，你先生眞是！可憐的人多着咧！做舞女的那一個不可憐？年紀一年年的大了，嫁人又嫁不掉。坐在對面那個穿紅旗袍兒的梁蘭英，這兒生意算她頂好了，那天我跟她隨便談，我問她：

「你可打算嫁人嗎？」

「誰愛娶舞女呢？」

「今年你二十歲，再過六年，可怎麼辦？」

「過了今天再說！」

「我問你，過了六年怎麼辦？」

「給人家去做下人，洗地板，擦桌子，再不然，就上吊？」

你說，那一個不可憐？」

四

到這兒我們又談到旁的地方去了，可是我在心裏決定了明兒上六分所去看林八妹去。

吃了中飯，我走到六分所，先見了他們的所長。我說是報館的新聞記者，所長就很客氣請我到他的臥室裏去談。是一間不十分明亮的屋子，上面壁上掛着黨國旗，和總理遺像，桌上放了一大堆三民主義，建國大綱，公文，和一把紫砂茶壺。他請我坐下了，掏了枝煙遞給我，給擦上了火，抽了口煙，我就開口道：

「這兒可是有一個叫林八妹的舞女押在這兒？」

「是的。」

「是怎麼囘事呢？」

「那天，是前天半晚上，她跑到這兒來，說有人在舞場裏打了她，要我們保護，當時我就派巡長跟了她去……」

我截住了他的話道：『這事情我已經知道了。我就不懂怎麼反而把她押了起來。』

在煙霧裏邊他的臉很狡猾的笑了：『這有什麼不懂得，你老哥也是明白人，咱也不瞞你，我家裏也有七八個人吃飯，靠這苦差使還不全餓死嗎？皇宮的老闆跟我又是有交情的，咱們平日彼此都有些小事情，就彼此幫幫忙。」

「可是那麽一來你不是知法犯法嗎？」我故意裝着開玩笑的模樣，大聲地笑起來。

「法律是死的，人是活的，要是法律眞的能保護人權，不瞞你老哥說，我早就餓死了。對不對？大家都在刮地皮，我也犯不着做傻子。誰知道明天還當不當得了巡官呢！」便跟着我哈哈地大笑了一陣子。

「那林八妹我可以看看她嗎？」

「可以！你老哥吩咐的話，還有什麽不可以的？」一面說，一面卻坐着不動。

我站了起來道：「現在就去，怎麽樣？」

「行。」

他帶我到一間很黑暗的屋子裏面，下面放着一張牀，一張桌子，一隻椅子，在木上坐着一個女人，像是穿着件暗綠的衣服。

所長說：「這就是林八妹，你跟她談一回吧；兄弟有事，過回兒再來奉陪。」

「不敢當！」

他走了以後，屋子裏祇我們兩個人；她不動聲色的瞧着我。我走過去，在椅子上坐下來。

「我是報館裏的記者，你的事我們覺得很不平，我個人也是很同情你的，請你把那天的事告訴我。」

她坐在那兒，儘瞧着我，不做聲，就像沒聽見我的話似的。我明白，她不懂得爲什麼我要老遠的跑來問她，她不懂得我爲什麼要知道她的事，她疑心我在騙她，我在想法子算計她。她有一張平板的臉，扁鼻子，很大的腮骨，斜眼珠子，一圈黑眼皮，典型的廣東臉。

我又說了一遍，要她告訴我她的事。

她才說道：「那天晚上我坐在那兒很氣悶，已經一點多了，忽然那個「象牙筷」跑到我前面來調戲我——」

「他怎麽調戲你呢？」

「我那天沒穿襪子，他說：「小妹妹，你好漂亮，不穿襪子！兩條腿那麽白！」我不理他。他索性嘻着臉，跟我閙不清楚，我站起來想走，想避開他，他卻把我按在座位上道：「急什麽呢？有拖車在那兒等你不成！」我就不高興，我說：「屁，我沒拖車的！」他說：「我做你拖車可好？咱們等會兒開房間去。」我白了他一眼，他就大聲兒的嚷起來道：「不得了，小妹妹跟我做媚眼，要我等囘兒開房間去！」樹樹要皮，人人要臉，我雖說做舞女，也是沒法子，混口飯吃，臉也是要的，究竟也是個有鼻子眼兒的人，可是當時我還忍着不做聲，這狗入的越發得意了，索性把我的裙子，就那麼的給拉起來，還說：「小妹妹不穿襪子，可穿袴子？」你說還有誰能耐得下？我火起來了，我說：「鬧什麼？」他頓時綳下臉來，道：「鬧什麼！鬧條大××你吃！」就「××給你吃，××給你吃，」那麼的說着，把中指直塞到我嘴裏來；我恨透了，就罵他：「狗×的！」他就拍的一個耳括子。「小娼婦，你敢罵大爺！」揪住了我的頭髮，打得我哪！——後來給人家拉開了；他們把我推到外面去，他們說他是大流氓，犯不着跟他鬧，他們合着夥欺我，騙我，就因爲生意壞。可是我爲什麼要白讓他打呢？我要進去打還他，我要跟他拚命去；我們廣東人是那麼的，打死了算不了什麼。老闆把我趕了出來，不要我做了。我去叫了警察來，不知怎麼一來，可把帶到這兒來啦。喝！」她猛的歇斯底里地叫了起來，可是聲音是那麼小，一種病人的聲音。「他們又有錢，又有勢，打了我還把我押起來！他們合着夥欺我！合着夥欺我！」躺到牀上喘着氣，低低地說着：「我是一生下來就叫人欺的！」臉上泛着紅色，桃花那麼的淺紅色，一囘兒又咳嗽起來啦。

『你的家裏人呢？』

她聳了聳肩膀，苦笑了一下：『我是賣給人家的。』

『很小的時候就賣了的嗎？』

『從我知道每一個人都有一個媽和一個爸的時候，我已經是沒有媽，沒有爸的人了。可是我有一個媽，假的媽，我叫她媽的。小的時候，她天天打我，駡我，叫我洗地板，擦桌子，現在她還是天天駡我，打我，叫我洗地板，擦桌子。從前我不是做舞女的，她逼着我賣淫，做鹹水妹。我是夜開花，白天睡覺，晚上做生意的，你不知道那可多苦。後來做了舞女，爲了我沒生意，舞場關了門囘來還逼我去接客——我簡直連骨頭也做得斷了！』

『她可知道你現在給押在這兒？』

『知道的！』

『爲什麽不來弄你出去呢？』

『她不會再在我身上化一文錢了。』

『你已經好幾天沒睡覺了嗎？』

『到這兒來還沒睡過。怎麽睡得着呢！祇想早一點死了算了！我受夠了！』

『你要錢用嗎？』

她搖了搖腦袋。

我再問她：『你要錢用嗎？』

她不做聲，閉上了眼珠子。

我便退了出來。

街景

明朗的太陽光浸透了這靜寂的，秋天的街。

浮着輕快的秋意的，這下午的街上——

三個修道院的童貞女，在金黃色的頭髮上面，壓着雪白的帽子，拖着黑色的法衣，慢慢地走着。風吹着的時候，一陣太陽光的雨從樹葉裏灑下來，滴了她們一帽。溫柔的會話，微風似地從她們的嘴唇裏漏出來：

「又是秋天了。」

「可不是嗎！一到秋天，我就想起故國的風光。地中海旁邊有那麼暖和的太陽光啊！到這北極似的，古銅色的冷中國來已經度過七個秋天了。」

「我的弟弟大概還穿着單衣吧。」

「希望你的弟弟是我的妹妹的戀人。」

「阿門！」

「阿門！」

一輛又矮又長的，蘋菓綠的跑車，一點聲息也沒地貼地滑了過去。一籃菓子，兩隻水壺，牛脯，麵包，玻璃杯，汽水，葡萄汁，淺灰的流行色，爽直的褶紋，快鏡，手杖，Cap，白絨的法蘭西帽和兩對男女一同地塞在車裏。車駛了過去，愉快的笑聲卻留在空氣裏邊盪漾着：

「野宴啊！」

「野宴啊!」

在寥落的街角裏，沒有人走過的地方，瞎着一隻眼，擠縮着那一隻沒黑了的眼，撇開着羊皮袍，在太陽光裏曬着僻肚皮，一個老乞丐坐着，默默地，默默地。臉是褐色的，嘴唇是褐色的，眉毛也是褐色的——沒有眼白的一張單純色調的臉，臉上的皺紋全打了疙瘩，東一堆西一堆地。一腦殼的長頭髮直拖到肩上，垃圾堆旁的白雪似的，踐滿了黑灰色的脚印的。他一動不動地望着前面那陰溝；一隻蒼蠅站在他腦門上，也一動不動地看着那沒了脂肪層的皮膚。

（也是那麼個晴朗的，浮着輕快的秋意的下午。

機關車嘟的一聲兒，一道煤煙從月臺上橫了過去，站長手裏的紅旗，爛熟的蘋菓似地落到地上。月臺往後縮脖子。眼淚從媽的臉上，媳婦的臉上，斷了串的念佛珠似地掉下來，哥和爸跑起來啦。

轟，轟轟！轟轉着轉着，轟轟地，那火車的輪子，永遠轉着的輪子。爸，媽，月臺，哥，車站，媳婦，媳婦，媳婦……湮沒在輪子裏邊。肩上搭着隻藍土布的糧袋，一支手按着那裏邊的饝饝，把探在窗外的腦袋縮了回來。偷偷地，不讓人家瞧見地，把眼犄角兒那兒的眼淚抹了。可是——遠方的太陽，遠方的城市啊！在淚珠兒後邊，在那張老實的嘴上笑着。）

腦門上的皮動了一動，那蒼蠅飛了，在他腦袋上面繞了個圈兒又飛回來停在那兒。他反覆地說着，像壞了的留聲機似地，喃喃地：

「那時候兒上海還沒電燈，還沒電燈還沒那麼闊的馬路，還沒汽車……還沒有……那麼闊的馬路，電燈，汽車，汽車，汽車……還沒有……」

（石子鋪的路上全是馬車，得得地跑着，車上坐着穿蘭花竹葉緞袍的大爺們，娘兒們……元寶領，如意邊……衣襟上的茉莉花球的香味直飄過來。）

「花生米賣兩文錢一包，兩文錢一包，很大的一包，兩文錢一包，兩文錢一包。」

（第一天到上海，就住在金二哥家裏。金二哥是賣花生米的，他也跟着賣。金二哥把籃子放在製造局前面，賣給來往的工人——全有辮子的……）

「全有辮子的，全有辮子的，全有辮子的。」

（金二哥大街小巷的走，喊：

「花兒米！」

他也跟着大街小巷的喊：

「花兒米！」

「你怎麼老跟着我呢？」金二哥恨恨地。

他嘻嘻地笑着。

「我說，你走你的，我走我的，各人賣各人的，大家多賣些。老跟着我，不是跟我搶生意嗎？」

他嘻嘻地笑着。

第二天，金二哥一早起先走了！）

「那時候我住在他屋子裏。金二哥。金二哥不知那去咧。金二哥，金二哥，那時候我住在他屋子裏。」他太息了一下。

（烏黑的辮子拖到脚跟，一個穿長褂的大爺：

「賣花兒米的，是三文錢一包嗎？」

紅着臉，低着腦袋：「對啦，您大爺。」

「大爺」賣了三包，給了一個銅子，叫不用找了，賞給他吧。拿着錢，他怔住了；他想哭，他不應該騙他的。可是那晚上他叫金二哥伴着跑到拆字灘那兒。養着兩撇孔明鬍髭的拆字先生的瘦臉，在洋油燈下，嘴咬着筆尖，望着他。

「你寫，我已經到了上海，住在金二哥家裏，叫他們安心。上海眞好玩，有馬車，有自來火燈，你告訴他們這燈不用油的，還有石子鋪的馬路。還有石子鋪的馬路。你就說上海比天堂還好看，我發了財接他們來玩。上海滿地是元寶，我要好好兒的發財，發了財再告訴他們。也許明天就會發財的。」

「也許明天就會發財的，也許明天就——三十多了。」

（每天大街小巷的走，喊：

「花兒米！」

錢！一文，兩文，三文……每天晚上摸着那光滑的銅錢，嘻嘻地笑着。一天，兩天，三天！一年，兩年，三年！革命黨來了，打龍華，金二哥逃出來，他也逃出來，半路上給革命黨攔住了，嚓暁，翦下了辮子，荷包裏攢下來的十五元錢也給拿去啦。他跪下來叩頭，哭，拜，他說：

「還了我吧！您大爺！一家子等着我這十五元錢呢！還了我吧！還了我吧！」

沒有了辮子，沒有了錢，坐在那兒哭着。子彈呼呼地打腦袋上面飛過去，一個個人倒在身旁。打得好兒啊！

『打得好兒啊！放着大砲，殺了許多人，許多革命黨，放着大砲，轟轟地，轟轟地。』

（轟！轟，轟，轟！轉着，轉着，轟轟地，那火車的輪子，永遠地轉着的輪子。故鄉是有暖和的太陽的，和白的綿羊的。）

他抹了下鼻子，在褲兒裏掏着，掏着，掏了半天掏出一封信來，擠[illegible]着一隻眼看着。白紙上的黑字，那些字像蒼蠅，一隻隻地站在紙上。他記着拆字的讀給他聽的句子：

『聞汝發財，喜甚，喜甚。鄰里皆來道賀，殺了隻雞請他們。雖然發財，可是錢財仍須節省。我們過了冬天到上海來玩幾天……』

（可是我是在化錢過日子啊！以後就沒接到過他們的信。信也沒了，辮子也沒了，錢也沒了。每天站在街頭：

「大爺哪，做做好事哪，我化幾個車錢囘去哪！」掏出信來給人家看。化了錢便寫信囘去，說他下個月就囘來，到了下個月，又寫信說還得過一個月。一年一年的老了，家裏也沒信來過。家啊！眞想囘家去呢！

「眞想囘家去呢！死也要死在家裏的。家啊！家啊！」

（那時候他老跑到車站去的。他跪着給收票的叩頭，叫放他進去。）

「他們不肯放我進去，他們不肯放我進去。」

（一道煤煙從月臺上橫過去，站長手裏的紅旗爛熟的蘋菓似地落到地上，機關車哪的吼了一聲，便突着肚子跑開了。

「天哪！」

可是他們不放他進去，把他攆出來啦。

馬路慢慢兒的闊起來，屋子慢慢兒的高起來，頭髮慢慢兒的白起來……天哪！眞想回去啊！）

「眞想回去啊！」眼淚流下來，流過那褐色的腮幫兒，流到褐色的嘴唇裏。

（巡捕來了。）

一條黑白條子的警棍在他眼前擺着：

「跑開！跑開！」

他慢慢兒的站起來，兩條腿哆嗦着，扶着牆壁，馬上就要倒下去似地往前走着，一步一步地。喃喃地說着：

「眞想回去啊！眞想回去啊！」

嘟！一隻輪子滾過去。

（火車！火車！回去啊！）

猛的跳了出去。轉着，轉着，轟轟地，那永遠地轉着的輪子。輪子壓上了他的身子。從輪子裏轉出來他的爸的臉，媽的臉，媳婦的臉，哥的臉……

（女子的叫聲，巡捕，輪子，跑着的人，天，火車，媳婦的臉，家……）

他太息了一下；在淚珠兒後邊，在老實的嘴犄角兒那兒，這張褐色的臉，笑的臉笑着，便閉上了那隻沒瞎了的眼珠子。那汽車上的人跑下來把他扛到車裏，和一個巡捕一同地，駛走了。地上血也沒有，衹有街旁有許多枯葉。穿了紅背心的掃街人，嘍嘍地掃過來，掃了那些枯葉。

一個從辦公處囘來的打字女郎站在櫥窗外面看裏面放着的白圖案的黑手套。是秋天了，應該帶手套啦！便對身旁的男朋友道：「進去瞧瞧吧。」

到了裏邊：

「我明天生日，你預備送我什麼呢？」

把剛領到的本月分的薪水放在身邊的那男子下了決心道：「送你這付手套，好嗎？」

「親愛的，你真好！」

過了一回，又道：「可是我的腰帶也舊了呢！」

「在這兒買一條，好嗎？」

「你真好，親愛的！」

過了一回，又道：「那隻帽子倒也很可愛的。」

他便縐了眉尖，售貨員卻嘻開了嘴。

一羣小學生背了書包，跳着跑來，嘴裏唱，

「今天功課完畢了，

大家囘去吃點心，

大家囘去，

大家回去……」麗麗拉拉地。

忽然在咖啡店前站住了。拉開了錦帷的大玻璃後面投着一對對男子的脚，女子的脚。

「這像我媽的脚呢！」

「是我姊姊的脚呢！」

擡起腦袋來，卻見蒸在咖啡的熱氣裏的是一張在向他們裝鬼臉的臉。便拍着小手，哈哈地笑起來。

這是浮着輕快的秋意的街，一條給黃昏的靄光浸透了的薄暮的秋街。

空閑少佐

一點不含糊的，就在空閑少佐的後邊兒，手溜彈猛的炸了起來。在脚下沒多遠，有人叫媽，一回兒便咬緊了牙哼唧着。慘哪！神經纖維組織那兒像一萬隻蚱蜢在爬着那麼的難受。一陣冷，覺得血順了脊梁蓋兒往下淌。帶了傷咧！

東京的年輕的妻和才六歲的孩子浮到眼前來了，是的，他家是在東京郊外，門口有盞大紙燈籠，兩盆精緻的小盆景……挺着鎗刺，咬緊了牙的自家兒的部下儘搖晃……家的四邊是有櫻花的……祇聽得各式各樣的鎗聲，眼前的人，慢慢兒的模糊起來啦，便倒了下去。也不覺腰下那柄軍刀墊的疼。人，人……鎗刺，鋼盔……子彈呼呼的掠過去……天，廣大的天空，蔚藍的天空。天小了下來，變成灰白的，這不是妻的臉嗎？鎗聲，手溜彈的爆炸聲遠了，浮在空氣裏邊，越浮越高，越來越遠啦，接着便一下子，什麼都沒了。

在做夢吧？迷迷忽忽的，像有誰在走到身旁來，像有什麼溫柔的東西按着自家兒的腦門。一用勁，猛的一下子睜開了眼。眼前是一片白，在空中飄蕩着，慢慢兒的清楚了起來。按在腦上的是一隻女性的手。牀沿那兒是白的看護服。再仔細一瞧：白牀巾，白椅子，白小机，白牆壁，白窗紗，一種舒適安逸的感覺。

沒死嗎！

便一邊抬起眼光來，一邊想：「是在東京病院裏不成？」

可是把手按在自家兒腦門上的並不是妻，卻是個支那女子。別的病房裏的哼唧，門外在走着的人，遠遠的汽車喇叭……慢慢兒的跑到聽覺裏來了，她挪開了手，低下身子來，輕輕兒的問：

「醒了嗎？」

淡淡的香氣氤氳着。自家兒的臉上是一雙透明的眼珠子，友誼的笑勁兒，體貼的臉。想點一點頭答應她，剛一欠身，脊梁蓋兒就刀子扎着那麼的疼。

「別動，你傷得很厲害呢。靜靜的躺着。我等回兒再來瞧你。要什麼你叫我就行。我姓黎。」

甘蔗味的北方話，在北平使館裏當過三年武官的他聽起來是很親切的。她把他的胳膊放到被窩裏邊，把被窩拉到肩上便走了出去。

屋子裏祇有一個人。

要是傷好了的話，我要天天替她祝福，這支那的女兒是這麼小心地看護着我啊！看護着她的敵人，是俘虜啊。俘虜哪……俘虜哪！家裏準以爲我死了咧！

大海的那邊兒，在細巧的紙紮燈下，在櫻花裏邊，在明秀的景色裏邊，有他的家，小小的矮屋子。出發的時候兒，妻在太陽旗，紙紮燈和歡呼的聲音裏邊低低兒的哭泣着。兒子牽着他的武裝帶：

『爹，你上那兒去呀？』那麼麗麗拉拉地問過他的。

妻啊！兒子啊！在海的那邊兒哪！多喒再能和兒子一同到上野公園去打棒球？軍部裏一定以爲我是死了：我是在被包圍在敵人陣地裏苦戰了兩天的。朝日新聞上會記載着我的戰績，我的名字會放在戰死者的名單裏邊，妻也許已經領到了撫恤，她會在深夜裏躲着哭，給兒子瞧見了便會纏住她問：

『媽，怎麼啦？怎麼啦？』不依地。

他們不會知道我還活着。不會知道我是俘虜。支那人的俘虜啊，軍部知道了會怎麼着呢？押囘國去？逼着我自刎？總免不了死的。爲什麼不死在廟行哪！支那人的俘虜……

……

翻了個身，脊梁蓋兒上猛的又疼了起來，不由呀了一聲。

門開了，黎姑娘走了進來：

『怎麼啦？』坐到牀沿上。

討厭！她爲什麼要那麼小心地看護着我呢？帝國軍人是不偸活的，她以爲我也像支那人那麼怕死吧。討厭的，壓根兒就不用把我弄到這兒來，讓我死了豈不好。我得對她說，不用她白費心，可是她是那麼小心地看護着我啊！

『我怎麼會到這兒來的？』

『已經四天了。×師長特地派人送你來，』

「是的。」

「×師長？不是×××嗎？」

「不是個鬍髭很多的人嗎？」

「對了！」

「啊……」

說到這兒便默着望天花板記起四年前的好友了，×師長是他在步兵學校時的同學，他們曾角過力曾一同地上帝國劇場去，他受教員罰令立正一點鐘時，×師長替他不平過的。可是現在是敵人咧。他們的部下互相攻擊着，大家不是你死就是我活的拚。×師長不是他的好友嗎？那麼爲什麼呢？爲什麼？這就是戰爭，就是愛國嗎？

屋子裏充滿着藥品的氣味。黎小姐坐在那兒，素潔的裝束使他想起了聖女瑪利亞。肚子有點兒餓了。

「黎姑娘，我可以吃東西嗎？」

「餓了不是？」

「有一點。」

「你躺着，我去拿。」

瞧着她走出門外，門把他的視線隔斷了。

靜靜的太陽光照在窗紗上，空氣裏帶着花香。她剛才坐着的地方兒，有一種暖和的，芬芳的有機體流着。她有雅致的儀態，勻稱的胴體。想起那兒看過的一本小說上傳奇的戀愛了：好像是一個美國軍官和德國女間諜的一段孽緣；啊……啊……可是哭泣着的妻的臉猛的湧上來啦。

黎姑娘走了進來，拿着一杯牛奶和一塊白食巾。把牛奶放在牀前的小机上，幫着他豎起身子來。

「創口疼不疼？」

「不，嗯。」便忍着疼靠在牀欄上；牀欄在他闊肩膀的重量下，吱吱地哼着。

把牛奶拿給他，他把食巾放在面前。猛的一串眼淚擠到眼眶子裏，趕忙把牛奶和眼淚一同地咽了下去。

「黎姑娘，我不知道怎麼說才好。你太好了！」

「靜靜兒的躺着吧，你不能多說話的。睡吧。」

閉上了眼。她站在牀旁。一回兒他打起鼾來，可是並沒睡着，聽着她踮着脚走了出去，門輕輕的關上了。他睜開眼來望着窗紗。

不知那來的傷感蕩漾着。

夜是溫柔而靜寂的，慢慢兒的從窗外溜到屋裏來了。

黎姑娘關上了門。走廊上沒一個人。走到窗前，靠着窗，臉貼着窗紗，儘想。

就在那屋子裏，躺着她看護着的人。昏迷了好幾天，以爲他要死了，不料又醒了回來。一個重傷了的人在自家兒的看護下又活了回來，眞是夠高興的事。

——黎姑娘笑。

可是他不是她的敵人嗎？死了不好嗎？死了倒也很可惜的。他有一個強壯的身子，臉是黑了點兒；那濃秀的眉毛和沒有雲的天空似的眼珠子，死了眞是太可惜啊。可惜嗎？恨他吧？恨他吧！

便找着恨他的理由，可是卻連一點厭惡的情緒都沒有。

記着！就譬如我一家子全叫他給殺了，譬如自家兒給他，啊！便瞧見自家兒給他逼着，給他扯掉了衫子……呸，胡思亂想什麼。不會這麼的。很懂事的人。今天他不是很有禮貌，甚至有點溫柔的嗎？可是恨他吧！爲什麼要替他換綳紗，換藥？爲什麼那麼小心地看護他？爲什麼？早就應該扔了他不管，讓他死的。爲什麼不恨他？恨他啊！敵人哪！就譬如

——

一個聲音，輕風似的低低的吹來！『黎姑娘，你太好了！』誰在說呀？夜嗎？窗外的夜嗎？可是夜是靜寂的。

一雙夜那麼溫柔的眼珠子在窗外閃。恨他啊！可是那雙眼珠子卻酒似地流進來啦。但閉上了眼——是有點兒醉咧。

醫官側着腦袋診了脈，從他嘴裏把溫度表拔了出來，對着窗子望了一望。

『大夫，不要緊吧？』

『幸虧你生得強壯，總算捱過了。現在熱度退了許多，心臟也很康健，祇要靜養幾天，便可以收口的。』說着便替他在胳膊肘上打了一針。叫他翻過身去換綳紗。

一層層的綳紗解了下來，裹着藥棉的鉗子搠在創口裏。黎姑娘的手在那兒按着，輕輕兒的。疼得歪扭着臉，抓住了牀沿忍着。酒精的氣味很濃。這麼看來是死不成了。死呢？還是不死？

黎姑娘的手跑到腦袋上來啦，撫着他的頭髮，柔輭的話：

「疼嗎？再忍一回兒就完了。」

臉上痛苦的縐紋都平了，太息了一下。沒有痛苦，也沒有傷口似的。他想跪在她脚下，虔誠地向她頂禮。她不也是很可愛的姑娘嗎？她是支那人，可是要殺她的心思卻一點也沒有。如果有誰傷害她，倒怕會去救她的，不顧性命地。

涼快的繃紗一層層的繃着，還有點兒疼，可是心裏卻像穿了燙得很平的軍服似的爽朗起來。想說些話，想笑，像春天就在窗外等着他似的。連自家兒也莫名其妙地問着；

「大夫，我可以抽煙嗎？」

「再過幾天就可以了。」

「空閑君，身子還弱得很呢。沒瞧見自家兒的臉吧？——多蒼白啊。」

他不說話，祇那麼地瞧着她。現在是什麼都扔了，武士道，自殺，戰死全不想。樂得身子要炸啦。

「你要什麼儘說，我可以打電話去問×師長要的。醫官說着便出去了。」

「黎姑娘，我很想見見×師長呢！」

「他很忙，怕抽不出空兒來吧。」

「祇要還活着，總要見他一次啊。」

沒話可說了，他想着這位爽直的老友。還記得他有一次晚上括鬍髭，第二天早上起來又長滿了，恨得他把下巴括得全是刀痕，害大家笑痛了肚子。不由地又笑了出來。

「笑什麼呀？」

卻見黎小姐不知多喒跑出去的，正從門口那兒走過來，拿了一身襯衣。

「我笑×師長。我們在步兵學校讀書時，他的鬍髭長得頂快頂硬，一晚上就長得挺長的。」

「眞的嗎？」也輕輕兒的笑了起來，把襯衣放在牀上道：「×師長是你的好朋友不是？」

「弟兄似的！」

「×師長時常打電話來問候你的，今兒又巴巴的叫勤務兵送襯衣來。其實他不送來，我們也要替你換的，已經很髒了。」

「眞的，我不知道該怎麼報答他咧。多喒他再打電話來，替我說一聲兒我掛念他吧。」

「報答那類的話是不用說的，空閑君，就希望你回到國裏去反對戰爭吧。」深怕使他爲難的神情。「可是我幫你換衣服吧。」便揭開了被窩，替他換上了掛子。

「多下來的讓我自家兒來吧，不好意思的。」

她臉紅了起來，訕訕的。他覺到自家兒的話有點兒輕薄，就搭訕着把被蓋上了。

「不好意思再勞働你咧。傷口倒不疼，這點兒事情自家兒還做得動。」把換下的褲子交給他。

他接了褲跑出去。瞧着她的背影，一種異樣的感覺湧上來啦。要是我不是她的敵人多好啊。她好像有點兒——

至少不討厭我。要不然，爲什麼這麼小心地看護着我哪！我不是殺過許多支那人的嗎？也瞧見過自家兒的部下姦死支那女子，却並沒責罰他們。

心裏膩煩着，憎惡着自家兒。爲什麼要殺他們呢？對他們是並沒有什麼了不得的惡感的。可是，在步兵學校裏，教員們不是告訴他征服支那是帝國軍人的義務嗎？眞有點兒給她迷了咧！怎麼懷疑起這些來了？應該死的，給手溜彈炸傷的時候兒就該死的。就是現在也該立刻自殺——祇要幾天不吃東西就行了。可是妻願意他死嗎……

春天快來了；窗外是那麼可愛的夜色啊！穿着新的襯衣眞是舒服，住在病院裏，讓黎姑娘那麼的姑娘陪着簡直是幸福的。這些幸福不是×師長給我的嗎？這鬍老哥近來不知怎麼了？四年不見咧！怕牙齒上面也長了鬍髭吧。哈哈！眞想不到的，現在我們竟在這兒變了敵人了。在學校裏想到現在這麼的情形，誰也要笑的吧。敵人！敵人要是他對我說：

「空閑君，我要鎗斃你，你是我的敵人。」

那簡直是不可思議的事。要是我對他這麼說，他也會當我神經錯亂的。我不用瞧見他，也不用聽見他，祇要把手在他臉上摸一下就能認出來的——這熟悉的鬍髭啊！能夠再在一塊兒住一夜，就像在學校裏那麼的，我有一枝好煙，他想分一半，我不答應，就扭在一塊兒倒在牀上，把那枝煙搶得稀爛，大家喘着氣罵……多有味兒！我們怎麼會是敵人呢？爲什麼要打？爲什麼？誰也不希望打的。誰要打呀？……呸，不要臉的帝國軍人的氣節全給我毀了！這麼的主意，給人家知道了，誰也要罵我的。死吧！怎麼能做支那人的俘虜哪？死吧……死嗎？可是活着總是好的。譬如煙捲兒，死了就沒福抽。竟一個心兒想抽起煙來啦。

「衹要能抽煙，就是再過幾個月也不會寂寞的。」

醫官每天來兩次，來了總跟他談一回兒。日子很容易的混混就過去了，又像很長，很不容易混過去的。

一見黎姑娘走進來便問：

「今天可以抽煙了嗎？」

總是笑了笑，騙孩子似的：

『寂寞了不是？』便坐下來：『我和你說閒話兒，好不好？』

黎姑娘是很會說話的，一種黏性的聲音，像剛學說話的孩子似地，談着東京的不忍池和上野公園，×師長，北平的風俗和西山。把泣也忘了，哭泣着的妻也忘了。

再有誰向她說在她前面躺着的那個年青人就是殘酷的日本軍官，她也許不會相信的。他的性情兒她全摸熟了。她知道講什麼話他會高興，講什麼話他不愛聽。他也知道冷知道熱——不也是很可愛的人嗎？

空閑少佐的思想也有點變了。他不再想到自殺，不再想到戰死的光榮，有時也會猛的覺得自家兒是卑鄙的，不配稱帝國軍人。可是爲什麼帝國軍人一定要自殺呢？便固執地向着自家兒問。這是武士道的精神，這是大和魂！可是大家親親熱熱的豈不好？戰爭！爲什麼來着！

黎姑娘不在的時候兒却覺得寂寞，一種淡淡的哀愁會浮上心來。就低低地唱着俳句。

一張女人的臉，蹙着眉尖老浮在眼前，這是妻。那張臉卻是很模糊的，再也記不清那嘴犄角兒是怎麼的了。怎麼能忘了她啊！苦苦地想着她的模樣兒，總引不起清晰的印像來。慢慢兒的那臉上長了鬍髭，胖起來了，清楚起來啦。

『空閑君，認識我吧？』那麼說着。

一回兒那張臉卻又淌起淚來啦。淚珠在搽多了粉的腮幫兒上流下來，劃出了兩條淡黃的線，鼻子下面和嘴的四邊也黃了起來；粉也沒有了，胭脂也沒有了。瞧見過那張臉的，是在出發的時候兒，在太陽旗下，在紙紮燈籠和歡呼聲裏邊兒。接着便是也像自家兒那麼拐着兩條腿的孩子。不知道還能見到他們不能。軍部一定不讓我囘去的。會鎗斃我的！軍法！命令！紀律！要打的人去打吧！如果能活着囘去，我是不願意再打了。

成天的那麼想着妻的臉，×師長的臉老在窗紗上，在天花板上存在着。可是那麼地儘想着是痛苦的！一口煙把那些噴了多好！

第一次抽到煙的時候兒樂得百嗎兒似的。用尼古丁麻醉着自家兒，什麼也別想牠，飄飄地，飄飄地……從黎姑娘的手裏搶過那隻黃色的盒子，打開來，裏面裝滿了橡皮頭的英國煙，拿了一枝叨在嘴犄角兒上，和蔚藍的煙一同地。

「是師長送我的吧？」

「不，現在前敵打得很厲害，×師長連聽電話的功夫也沒了。這盒煙是我送你的。不懂好不好，祇是價錢還貴，大概不會十分壞吧。」得意地站在那兒。

聽了那麼的話，自家兒連話也說不出啦，望着她，並不帶一點兒感激的心情！這心情是和日子一同混過去了。

她不作聲，望着那一圈圈的藍煙，在想着什麼，又不像在想着什麼。意識上是一片空白，在那空白上却有一縷淡淡的雲影。她希望一些粗啓的動作和瑣碎的話。可是一有了聲音自家兒便會吃驚的。

她臉上的笑勁兒困窘的視線，他是明白的，很明白的。應該說些話的。說什麼呀！說感謝她的話嗎？不會是要我感謝她才送我一盒煙吧。美國軍官和德國女間諜，祇得想起那本小說了。從煙裏邊望過去，她今天好像故意多擦了些胭脂。那張嘴像沒開透的櫻花！那麼的事眞是糟糕的，她是中國人，我是帝國軍人啊！

尼古丁麻醉不了神經的時候兒是有的！

成天地壓到心上的重量又壓上來了。總有一天要回去的。不是鎗斃就是再上前線去打。打支那人，打×師長！黎姑娘是永遠不能再瞧見了。住在病院裏的日子也會過去的。我再想起現在來時怕不是坐在牢獄裏便在地獄裏吧，報答×師長的日子不會有的；愛着黎姑娘的日子也不會有的；可是我是他們救活的人啊！就是在東京也不會這麽可感地看護着我的吧；軍部怕早就把我忘了，誰都把我忘了。×師長却隔了四年還沒忘了我。友誼有時是比戀還堅強的，比夫妻的情緒還悠久的。妻怕也嫁了人吧？可是妻也很可憐的。啊，戰爭，我爲什麽要做軍人哪！現在反悔也遲了……

便痛苦地抽着煙。

創口慢慢兒的結了疤，鄉思也和疤一同地掉了。妻的影子慢慢兒的淡了下去，簡直不大想起啦。連自家兒是帝國軍人的事也差不多忘了。能夠老是這麽的過下去，倒也願意的。成天的和黎小姐廝混着，一離開了她就覺得窗子的太陽光也黯淡起來，屋子大了起來！簡直太大了，身子不知道擱在那兒才合式似的。見了她又妬忌着健康的人是可以羨慕的。要是也能在地上走兩步啊！春天就在窗外，老坐在牀上眞是傻子。

「多喈才可以下牀哪？」

「再養一個禮拜就行了。」

「眞想坐到太陽光裏邊看看廣大的天空哪！」

她走過去打開了窗子。第一陣風帶着新的生命吹進他的身子。晴朗的天氣，金黃的太陽光，笑聲全搶着擠了進來。汽車喇叭也頓時響了起來。在屋子裏的，在自家兒心裏邊的一切沉重的東西全給吹跑啦。

人像輕靈的鴿子在空中飛似的。

世界是活的。他也是活的。究竟是活着的好！說不出的歡喜。在田野裏散着步，和×師長一同地。他們可以卸了褂子摔交。他要大聲地笑，哈哈地。他要摘一朵小青花送給——送給鬍老哥不成？插在他鬍髭上面嗎？笑死人的。應該插在姑娘的鬢腳邊，衣襟上。是的，他們還要帶一個姑娘，像——妻那麼的？黎姑娘那麼的？

便瞧着黎姑娘。她站在窗前，半隻腦袋在太陽光裏邊，黑的頭髮，白的腦門，康健的的腮幫兒，紅的嘴唇，彩色影片那麼的鮮明而活潑。帶她吧！可是黎姑娘也像鴿子那麼的飛起來啦。自家兒是飛得太厲害咧。在空中飛起來了。一眨兒，窗紗也變了鴿子，太陽光也生了金黃的翅膀，輕靈地飛起來

頭昏了。閉上了：

「可惜太煩了點兒。」

「可不是嗎？究竟還沒復原呢。」說着便去關了窗子。

「要是在鄉下多好！」

「鄉下全是兵呢。上海附近全給礮彈炸了！」

是的，全炸了。他就是毀了上海的人。他瞧見一大隊望不盡的部隊開拔到前線去，全像他那麼的年輕，全是有妻子和孩子的，也許還有老年的母親。這許多人在礮彈下毀滅了。他們哆嗦着，扯掉了軍服，扔了步鎗，想往後退，可是在督戰部隊的機關鎗前倒

了下去。沒一個願意死的。他看見過有三個祇十七八歲的兵士嚇得哭，瘋嚷嚷的。他們跪在他前面，可是他把他們拉出去鎗斃了。爲什麼？爲什麼爲了天皇陛下，爲了帝國。可是他們是什麼也不懂的孩子，而鎗斃了。他們的就是他！

他又瞧見積着血的窟窿，各色各樣的屍體，沒了腦袋的，沒了胳膊，腿的，漏了腸子的，掛在樹上的，壓扁在坦克車的輪齒下的，燒焦在木屋裏的……這裏邊有日本人，也有支那人，可是他們犯了什麼罪？他們誰也不想殺誰，可是大家都給殺了。這是躲在他們後面的人，那些壞蛋，那些騙子叫他們去打仗的。他們全死了，可是他們犯了什麼罪？什麼罪？

「黎姑娘，我是該死的人。我親手砍過許多支那人的，我也親手把自家兒的部下鎗斃過的。這許多人，許多人，……」

打他幾下吧！馬上罵他一頓吧！罵他犯了罪的！

可是黎姑娘祇說：

『誰的不是呢？你的不是嗎？不。壓根兒我們爲什麼打？可是別提吧過去了還提牠幹嗎！你還不能太興奮。』可憐他的臉色。

『可不是，眞快啊！』

『日子過得眞快啊！』

他想跪在她脚下哭，求她饒恕。她卻把話岔了開去，

第二天她跑進來便嘻嘻地說：

『空閑君，我們明天要搬了。』

『爲什麼呢；』

『你昨兒不是說太煩了嗎？我跟×師長說了，他叫把你搬到無錫去。』

「你留在這兒嗎？」

「不，我是專看護你的。」

「天哪！」

「怎麼啦？」

「我高興。」

就嘮叨地講着搬到無錫去後的事情。

晚上他獨自個想着。在步兵學校時也曾晚上和×師長睡在牀上談的，談着支那的女兒說自家兒很想娶一個中國妻子……坐在月色裏，是一座古舊的屋子，滿是蒼苔的院子裏邊，老柏樹上掛着紙紮的大燈籠和黎姑娘說着閒話兒。黎姑娘是應該坐在月光下的。巴望傷別好起來吧。不好又怎麼着？好起來又要回去了。回去了又得上前線去，怎麼對得住×師長和黎姑娘呢？怎麼着才好？怎麼着才好啊！

過了三天，黎姑娘和一個時常來替他診脈的醫官果眞和他一同搬到無錫去啦。是在郊外？一個別墅裏，已經有好多人住在那兒了。園子裏有幾個醫好了的，腦袋上紮着繃紗，坐在那兒看報。頂失望的那屋子是洋房，可是那園子卻很纖巧，那邊兒種了許多海棠花。在甬道上走着時：

「黎姑娘，別扶我，讓我自家兒走一下看。」

她放了手，並沒跌下去，祇是身子太重了些，兩條腿沒勁，像踐在棉花上似的高興着，笑着。

「能走路了！」

她像逗剛學走路的孩子似地，反着身在他前面向後退：

「來呀！到我這兒來！」

把他直逗到樓上。他坐躺在牀上喘氣，從前攻擊蘊藻浜苦戰了三天兩夜也沒那麼累嘛。

「不中用啊！」一邊這麼想着，一邊卻：「能走路了！」高興着。

「累了嗎？我不該逗你走這許多路的。」

瞧見她懊悔的臉色便掙扎了坐起來：「沒累。我很高興。」

「我也很高興呢！你能走路！」

「我眞不希望好得這麼快，祇三個禮拜呢。」

「爲什麼……」

「好了不是要回去了嗎？」

她笑着「你不能回去的。」

「怎麼呢！」

可是猛的明白啦。俘虜！是俘虜！想跳起來罵她一頓。有點侮辱了他啦。可是她卻做錯了事似的說：

「打完了就可以囘去的。」

「可不是嗎？」

搭訕着便想開了。總有一天要囘去的，囘到海的那邊兒去，家裏去。瞧見了他，妻會怎麼呢？妻會樂得直淌淚，他要對她說：「我沒死，你瞧我還是我：能跑路，能說話。」兒子會扯着他，擡起腦袋來，睜着大眼珠：「爹，你殺了多少支那人？」支那人！支那人……黎姑娘是支那人呀！啊！×師長也是支那人！瞧黎姑娘一眼，卻見她正在那兒解行李。爲什麼要好得那麼快哪？好了便要囘去的。先到師部。我挺着胸脯走進去；他們瞧見我沒死會奇怪的！奇怪嗎？可是我是被俘獲過的帝國軍人呢。我又沒自殺。我是應該自殺的，他們會這麼說。他們會罵我是帝國軍人的恥辱，會罵我是懦夫。他們會把我鎗斃的。也許把我押囘國去坐牢吧。也許……可是我曾經苦戰過；我的部下全打完了。也許他們說我勇敢。東京的碼頭上擁擠着歡迎勇士的人。「帝國的光榮，」日日新聞用這麼的大標題記載着我的戰績。皇帝也許賜我徽章的。許多人會講着我怎麼征服了一個美麗支那姑娘的心……可是黎姑娘我不能再見她了。

情願不回去，沒有黎姑娘的日子怎麼過哪？

「空閑君，躺一回吧，累得淌了許多冷汗呢。」

黎小姐站在牀前。

鑽進了被窩，爲什麼好得那麼快哪……爲什麼好得那麼快哪……睡熟了。

近了，大了，一張臉慢慢兒的低下來，湊到他臉上停住啦。那張臉儘瞧着他，一動不動的，憂鬱着。更大了！又低了下來，嘴脣貼到他的腦門上，暖的，更暖的兩顆淚珠，順着那長眼遮毛流到他臉上。那不是妻的臉？想伸出胳膊去抱住她，剛一動，卻見那張臉猛的遠了開去，慢慢兒的變了；成了誰的臉？對啦，是黎小姐的臉。

——黎小姐站在牀前。

像睡了很久咧，怎麼——黎小姐還站在那兒？祇睡了一回兒不成？可是窗上的太陽光直照在那邊兒牆上，不像是傍晚兒。是的，是的，是第二天的早上了。

——黎小姐憂鬱着濡濕的眼珠子。

夢呢！還是眞的？剛才吻我的就是她嗎？嘴上的胭脂像淡了一點，而且剛才臉上正氤氳着淡淡的香味。妻是沒有那種香味的。眞的是她嗎？怎麼又夢似的一點實感也沒有呢？

「怎麼啦，黎姑娘？很不自在似的？」

「戰爭完了！——」

可是引起的並不是高興的情緒，得回去咧！——黎姑娘是一天天的遠了，遠了！有這麼一天得遠到瞧不見的。

「怎麼會完了？」

「我們退了，退到太倉。」

「啊！黎小姐，我也替你們很難受的。」

「倒不是爲這事難受。」

「那麼，爲什麼呢？」

「戰爭一完你不是要囘去了嗎？」

是的，要囘去了。說不出話。半天；「可是，黎姑娘，我不會忘記你。還有×師長，我總有一天要報答他的。」

報答嗎？再上前線去報答他嗎？還是也把他俘了來，擱在東京病院裏報答他嗎？囘去了還是要上前線去的。可是，戰爭！討厭的！要不然就是鎗斃。沒法報答他呢。就是黎姑娘也沒法再見她一面了。辜負了啊！

「爲什麽你是日本人啊!」

笑了笑，想找些話說，一句也找不到。

黎姑娘猛的回身跑了出去，在門口就掏出手帕來。屋子裏剩了他一個人。可是像有誰在向他說着：

「爲什麽你是日本人啊!」輕輕地，就在他耳旁，在他心裏。

爲什麽我是日本人哪？是帝國軍人哪？想到帝國軍人，便瞧見了給憲兵押了去鎗斃的空閑少佐，用軍刀搠通了肚子的空閑少佐，押在陸軍牢獄裏的空閑少佐，在報上給人批評爲懦夫的空閑少佐……空閑少佐!數不清的眼珠子，輕視地望着加了手枷的他從甲板走到碼頭上去。孔雀羽上的眼珠子那麽多的嘴，講着他被俘虜的事，罵他，笑他。想那些幹嗎？要扔了那些怕人的幻想似的搖了搖腦袋，閉上了眼。說不定的!這種事說不定的!想想吧，我是苦戰了兩天，受了傷的!便瞧見自家給大夥兒擡在腦袋上面，在銀座遊行，羣衆歡呼着，拋得他一身的花。他走到皇宮天皇賜他勳章和爵位。他要站在播音器前演說！講什麼呢？講非戰嗎？人家馬上會把他趕下來的。別管他，總是演講就是了，日活映畫會社請他主演日支戰爭。不！我要反對戰爭。和黎姑娘的戀？不行！還是戰爭和戀愛混合着的傳奇吧。接着便想到自家兒應該怎麼表演的事了。

過了幾天，那天早上，他剛起來，黎姑娘在瞧着他吃早飯。醫官和一個粗豪的男子聲音在門外說着話。

「就是這間屋子嗎？」

「是的，他見了你不知怎麼高興咧。」

「我們四年沒見哪，本是頂好的朋友呢。」

啊，他嗎，跳起來想去開門，黎姑娘猛的臉發青着，扯住了他的袖子，堆上了強笑，一時嘴裏說不出話來。他抓住了她的手，手是冷的。他來了，來了！可是歡喜裏邊卻有一種不祥的預感。緊緊的抓住她的小手，像怕她飛去似的。門開了。

「空閑君！」

一個穿軍服的，一下巴鬍髭的人走了進來，後邊兒跟着醫官，黎姑娘起來讓坐，什麼話也沒說，便走了出去。她好像一下子就飛去了，永遠不再回來了。——他望着她，想拉住她。可是那鬍髭笑着。猛的醒了回來。——

「×××！你嗎！鬍髭還是那麼怕人哪！啊！」

那張臉比從前胖了些，人也胖了些，鬍髭越發多了。

「哈哈！想不到我會來的吧？前幾天實在忙，抽不出身子來望你。許多地方待慢你了，還望原諒。」

「這話怎麼說呀？還要我原諒咧！正感激得不知怎麼才好呢。你坐。要沒你，怕早就沒活的了。黎姑娘又……」

一陣快要失去心臟的感覺猛的兜了上來。

「眞想不到你今兒怎麼會來的。早飯用過了嗎？」

「偏過了。空閑君，我也替你歡喜，今天可以回去了。」

「眞的嗎？」天猛的塌了下來，人是儘往下沉，不知道沉到多深。回去！不是回到家裏去，是回到軍部裏去！

「眞的。下班車就走。」看了看錶。「還有四十五分鐘。離城裏車站倒有一段路，反正你沒什麼行李，我們馬上走嗎，到車上談去，可好？」

「有什麼不好？你倒老是那麼爽直的，一點沒變，黎姑娘呢！」

「黎姑娘不知那去了。我替你說一聲吧。」那醫官說。

「你替我說一聲！」

「怎樣？有點兒捨不了嗎？」鬍髭上面扮了張鬼臉。

「也好。你說我多謝她。大夫，一月來多費你的神，多謝了。」

「去吧？」

「去吧！」

走了出去。那張牀，那牀巾，那窗紗……啊，那些親切的老友！在這兒，在那兒，黎姑娘坐過的，站過的。在那屋子裏，淡淡的香氣還氤氳着。可是，現在他走了！走到園子裏，卻見黎姑娘正坐在那兒怔着望天。

「黎姑娘！」

「去了嗎？」走了過來，像要告訴他什麼似的。

「有什麼話嗎？」

「沒什麼。」好久又說了一句；「去了嗎？」

他想說些話，可是說不出來，連謝謝也沒說！想抓住她的胳膊，可是祇鞠了個躬。

「再會吧！」

她沒說話，望着他走到門口，坐上車。

車開了。他瞧見她跑出來，跑到門口站着，小啦！瞧不見啦！掉了什麼似的臉上陰沉了起來。人像浮在空中，沒着落地。在車裏，他笑着和×師長談同學時的瑣事。談了許多，可是自家兒也不知道在講什麼。

坐在火車上，鐵軌在下面吱吱地哼唧着。窗外廣大的田野，拿着綠旗的鐵路工人，站在軌道旁瞧火車的莊稼人，茅屋……越走越遠了，無錫給扔在後邊兒了！祇是一個心兒的想着黎姑娘，腦門上被吻過的地方兒像擦了油那麼的保留着一種甜蜜的記憶。可是這許多全成了過去的事啦。

×師長就坐在他對面，見了他不知怎麼的卻有一種慚愧的心情。天哪！傷是好了，日子是過得很快的。──黎姑娘啊！風景慢慢兒的糊塗了起來，鬍髭纏到一塊兒，像從給雨沾濕了的玻璃裏望出去似的什麼都看不清楚。

「空閑君！」那隻大手伸了過來。

「老×！我慚愧！」便抓緊了那隻手。

空虛的！空虛的！世界小了下來。往那兒去呢？那兒去呢？世界小得容不下身了。祗有一朵友誼的火在前面！×師長是在瞧着他。

又到北四川路來了。心跳着。司令部門口的哨兵見了他便瞅着惡意的眼，也不敬禮。草地上一大隊的兵士正在那兒休息着，卻不見一個他的部下。全死了嗎？鎗架在草地上。他憎惡這些輝煌的制服，發亮的鎗。一個迎接的人也沒有啊。誰都像在瞧着他似的，都像在說：

「呔！還有臉囘來！」

他往樓上跑。碰到的人都冷冷地向他招呼：

「囘來了嗎？」

可是他看得出他們的臉，他們整個兒的身子，他們的舉動，全是：

「呔！也有臉囘來！」

天皇賜的勳章給摘下來了。歡迎嗎？羣衆把花拋在他身上嗎？播音嗎？日活映畫會社請他做主角嗎？！閧一下都完了。這兒沒有同情，沒有友誼，沒愛，有的祇是冷笑。

推開門進去，白川見了他便：

「你囘來了嗎？」

許多從前的同伴也在那兒。他向他們問好，他們卻走了開去。桌子，椅子，桌上的筆，紙，空氣，每一個原子都在冷笑。

「我們以爲你死了!」

「我受了重傷。」

「所以就讓支那人捉了去，住了一個月嗎?」

「可是……」

「可是武士道的精神你也知道的，爲什麽你被俘獲時不自殺?」

「可是……」

「可是帝國軍人的氣節應該尊重的。下星期有船，你到東京跟軍部講去吧。」

「可是……」

「可是，空閑君，你辛苦了，去歇着吧。」

瞧瞧別人全擺着一副「瞧我幹嗎」的臉，抽着烟，冷笑着，在屋子裏踱着，祇得走了出去。

走到自家兒的屋子裏。屋子是太高了，太大了，太大了！渴望着生鬍髭的臉，那麽的友情啊，我不能辜負他的。我要告訴白川，告訴他們，這戰爭是不對的。我可以死，可以坐押，我是對的。他們可以把我押囘國去，可是囘到國裏，我便要對大夥兒說，說那許多戰死的年青人，說那殘酷的命令，說那沒意義的武士道……可是我眞的能活着囘國裏去嗎？也許軍部裏會把我鎗斃的。是的，一定要把我鎗斃的。我還祇二十八歲呢！我有力氣，我有強壯的身子，我還可以上前線去的！去打嗎？辜負了×師長咧。活着也許還有機會報答他呢？給軍部鎗斃了白死的。再去請求白川一次吧。

又站到寫字桌前面了。

「什麽事？」

「請你別送我囘去吧！」

「爲什麽？」

『送回去是坐牢,鎗斃哪!』

『你也知道的嗎?』

『可是……』

『可是什麼?』

『我還有個年輕的妻和六歲的孩子呢!』

『她們早就知道你是很勇敢的在廟行戰死了。』

『可是……』眼淚像斷了線的珠子似的猛的往下淌。

『不要臉的!』

大聲兒的喊了起來:『可是我有個年輕的妻六歲的孩子哪!我祇二十八歲,我還年輕,我有強壯的好身子,我有力氣,我還可以上前線去,我還可以打的!』兩個衛兵抓住了他的胳膊。他靜了一回兒,便罵了起來:『你!狗子,你這畜生!你知道我是一個年輕的女子的丈夫嗎？你知道我是一個六歲的孩子的父親嗎？』掙扎着，可是末了還是給拉了出去。『我怎麼可以囘到東京去呢？我不願意囘去啊！不願意囘去啊！』掩着臉孩子似的哭了起來。

到處都是：

『懦夫啊！』那麼的冷笑聲。

房裏的牆壁也那麼笑着，牀那麼笑着，什麼都那麼笑着。放在牀上的武裝帶像在那兒說道：

『懦夫也配帶軍刀嗎？』

我眞的是懦夫嗎？誰曾像我那麼地苦戰過兩天呢？罵我懦夫！你們才是畜生呢！這許多人許多年輕人，是你們殺死的！我憎惡你們！憎惡你們！我憎惡戰爭！我犯了什麼罪？要把我押囘國去？要把我鎗斃？

可是却非常膽怯，怕人家說他懦夫，這是侮辱。每個人都像惡意地望着他，他不願意讓他們那麼地望着。飯也叫勤務兵搬進來吃了，話也不敢說。咳嗽了一下，別人便會注意到他似的。

成天地躲在房裏，不敢動，不敢走路，像有誰在隔壁聽着似的。門外一有脚聲，便屏着氣，聽，望着門，是到這屋子裏來的吧？×師長？黎姑娘？不會來的啊：一段高興全沒了，就害怕着。別是白川吧？別是來抓我去鎗斃的憲兵吧？人糊塗了起來。門像慢慢兒的開了。——可是脚步聲，就在門外走了過去，門並沒開。太息了一下，倒在牀上。

希望有誰來談談，却鬼也沒一個。悶坐了兩天，差不多瘋了。窗外是三月，和快活的人們。到外面逛逛去吧，眞受不了。掛上武裝帶，開了門，衝着他的全像是冷笑的臉，又跑回去。踱了半天，猛的衝了出去，臉望着地，不敢抬起腦袋來，像偸了東西，深怕別人瞧見似的。

「站住。」誰在他後邊兒說，大聲兒的。

抬起眼來，已經到大門口了。回過臉袋去，祇見兩個憲兵走了上來。什麼事哪？慌張啦。

「空閑少佐，你不能出去！」

「爲什麼？」

「司令的命令。你是受了監視的，後天就要押回國去了。」

「啊！」像受傷那回兒那麼的，就像一下子什麼都淡了下去，什麼都要沒了。怔着。

慢慢兒的回到房裏。

眞的要押回去了。坐牢的日子，哭泣着的妻，失業，餓死……都浮到眼前來啦。「自殺吧」——有誰在屋子裏悄悄的說着。猛的他瞧見黎姑娘站在牀前，憂鬱着，像他回來的那天似的。接着一個胖子，嘴上養了兩溜鬍鬚，掛着軍刀走了進來。×師長嗎？樂得要跳起來了。可是那人祇冷冷地向他說道：

『武士道的精神你是知道的，爲什麼被俘獲時不自殺？你是懦夫，可是帝國軍人的氣節，懦夫也該尊重的吧，空閑君。』

是的，是白川！白川他認識他的！摸着武裝帶上的手鎗跑出去了，跑到白川的辦公處裏。

『什麼事，空閑君？』白川回過身來向着他。

他是白川！白川不會錯的，是白川！可是摸着鎗的那隻手掉了下去，腦袋也低下來了，眼望着桌子。桌上有一本日曆，記起明天是清明了。

『我想明天到廟行去看看我部下戰死的地方兒——後天就要回國了，這點兒事總能答應吧？』

『可以的。』

倒在牀上：『眞是一點勇氣也沒有的懦夫啊！』也不哭了。

白川派了四個衛兵坐着裝機關槍的機器脚踏車跟在他後邊兒。路上全是拿花枝的兵士，向江灣走去。支那的江南眞可愛。布穀在田裏叫。下了車，向從前被圍的地方兒，那座毀了的村子還在那兒。站在一條小石橋上，望着脚下的溪水，他認識牠們的。

走出了那座村子，是一片原野。這兒沒有死屍，沒有戰壕，到處都是小野花和楊樹。不遠兒是一座新墳，走近了，祇見那木誌上寫的正是：

「空閑大隊長戰死處」

坐在自家兒墳上，什麼也瞧不見了。空閑大隊長戰死處！自家兒是被稱爲有出息的，在步兵學校裏有優良的成績，在鋼鐵的紀律和命令下訓練到現在那麼個人。要是戰死了不更好嗎？現在是總有點兒汚點了。戰爭是殘酷的，可是軍人是不得不打仗的啊！明天就要回國去了，便又瞧見許多輕視的眼珠子，冷笑的臉……

跟來的四個衛兵在村子那兒站住了望他。

軍刀碰在地上。照武士道的方法是應該剖腹的。可是他拿出了手槍，對準了腦門。

「不會再有痛苦，再有輕視和冷笑了吧？」

碰！祇見四個衛兵跑了過來，像是自家兒的孩子在向妻：

「爹，多咱回來哪？」

硬鬍髭，眼前全是硬鬍髭。像是那天躺在無錫病院裏似的。黎姑娘的臉湊了近來，吻着他的腦門。腦門熱得難受——更熱的是兩顆眼淚，從她的眼遮毛那兒直掉到臉上，那是黎姑娘！他懊悔起來啦。不該自殺的，活着就是坐牢也有味啊！

可是那兩顆不是眼淚，是他自家的血流到嘴上。

一下子，什麼都沒了。

PIERROT

——寄呈望舒

『而向着你，女神，女神，水的女神啊，我來這百靜中獻呈我無端的淚點。』

（錄自梁譯樊樂希水仙辭句）

一

籠罩着薄霧的秋巷。

在那路燈的，潮潤的，朦朧的光幕底下，邁着午夜那麼沉靜的步趾，悄悄地來了潘鶴齡先生，戴着深灰色的氈帽，在脅下挾了本精裝的阿佐林文粹，低低地吹着：

"Traumeri"——那紫色的調子，疲倦和夢幻的調子。

陶醉在自己的口笛裏邊，半閉着浸透了黃昏的輕愁的眼珠子，潘鶴齡先生，拖着瘦長的影子，蕭索地走着，望着街樹上的死葉，一個夢遊者似地。

從一些給葡萄藤遮蔽了的窗裏，濾過了絳紗的窗幃，散落着一些零星的燈火。不知那一間屋子裏的鋼琴上在流轉着 Minuet in G；這中古味的舞曲的寂寥地掉到水面上去的落花似的旋律瀰漫着這淒清的小巷。

淒清的季節！

淒清的，淒清的小巷啊！

潘鶴齡先生站住了，望着巷尾一百二十號二樓的窗，在那裏有他的琉璃子，髮香裏響着遼遠的愁思和遼遠的戀情的琉璃子。和寂寥的琴聲一同地，他的心房的瓣一片片地掉下來，掉到地上，輕靈地。他覺得有一些寒冷，是的，一些寒冷和一些憂鬱，收歛那麼冲淡的憂鬱，而這些寒冷，這些憂鬱是琉璃子的。

琉璃子有玄色的大眼珠子，林檎色的臉，林檎色的嘴唇，和蔚藍的心臟。她的眼是永遠茫然地望着遠方的，那有素樸的木屋，燦爛的櫻花和温煦的陽光的遠方的，那麼朦朧地，朦朧到叫人流淚地，可是當她倚在他肩頭的時候，便有了蔚藍的，温存的眼珠子……

（……温存的，蔚藍的眼珠子，她的心臟的顏色的眼珠子，在那日本風的紙燈籠旁邊，那玲瓏的松柏盆景旁邊，那白木製的紙屏風旁邊。

「要到明年櫻花開遍了東京的時候才能回來啊！」

「請在衣襟上簪着一個異國人的思戀吧！」

把領帶上的那支綴着珠子的別針給了她，便默默地坐着。

——插曲——

明天會有太淡的煙和太淡的酒，
和磨不損的堅固的時間，
而現在，她知道應該有怎樣的忍耐，
托密已經醉了，而且疲倦得可憐。

——插曲——

走的時候，看到她蕭條的行裝，又把錢袋給了她，黯然地望着她的，林檎色的臉。
把絹製的蝴蝶夫人放到他衣袋裏：
「為她祝福吧！」那麼太息了一下抱住了他的脖子。
在她的唇上說着：「明年燕子築巢的時候再不回來，我會到銀座來做一個流浪者的，爲了你；因爲蝴蝶夫人似地哀怨着命運的不是你，倒是我啊！」

她的眼珠子裏邊有一些寒冷，是的，一些寒冷和一些憂鬱，牧歌那麼冲淡的憂鬱——

「沙揚娜拉！」

而這些寒冷，這些憂鬱也是潘鶴齡先生的……）

是的，這些寒冷和這些憂鬱正是潘鶴齡先生的。

「沙揚娜拉！」

（「琉璃子啊！」）

他太息了一下，在自己脚下檢起了掉到地上的心房的瓣，把中古味的舞曲，Minuet in G，扔在後邊兒，往前面走去，悄悄地。就和他來的時候一樣悄悄地，隱沒到籠罩着薄霧的秋巷的那邊。

二

街。

街有着無數都市的風魔的眼：舞場的色情的眼，百貨公司的饕餮的蝈眼，「啤酒園」的樂天的醉眼，美容室的欺詐的俗眼，旅邸的親暱的蕩眼，教堂的僞善的法眼，電影院的奸滑的三角眼，飯店的朦朧的睡眼……

桃色的眼，湖色的眼，青色的眼，眼的光輪裏邊展開了都市的風土畫：植立在暗角裏的賣淫女，在街心用鼠眼注視着每一個着窄袍的青年的，性慾錯亂狂的，棕櫚樹似的印度巡捕，逼緊了嗓子模倣着少女的聲音唱十八摸的，披散着一頭白髮的老丐；有着銅色的肌膚的人力車夫；刺蝟似地縮在街角等行人們嘴上的煙蒂兒，襤褸的煙鬼；貓頭鷹似地站在店鋪的橱窗前，歪戴着小帽的夜度兜銷員，擺着史太林那麽沉毅的臉色，用希特拉演說時那麼決死的神情向紳士們強求着的羅宋乞丐……

覽賞着這幅祕藏的風土畫的遊人們便在嘴上，毫沒來由地，嘻嘻地笑着。

嘻嘻地笑着，潘鶴齡先生在這街上出現了。

給這祕藏的風土畫的無憂無慮的線調感染了似地，在這街上出現的潘鶴齡先生邁着輕快的大步，歪戴着氈帽，和所有的遊人一樣地，毫沒理由地，嘻嘻地笑着。

（明天會沒有了琉璃子，沒有了絹製的蝴蝶夫人似的琉璃子，沒有了林檎色的臉，林檎色的嘴唇和蔚藍的心臟。琉璃子啊！空去了琉璃子的房間裏邊，那日本風的紙燈籠，玲瓏的松柏盆景，白木製的紙屏風，也會和我一樣寂寞吧？可是街卻是那麼熱鬧啊。有着琉璃子，街有着無數都市的風魔的眼，展開着都市的風土畫；沒有了琉璃子，街也有着無數都市的風魔的眼，也展開着都市的風土畫。琉璃子啊！沒有遼遠的愁思的日子，沒有遼遠的戀情的日子，沒有琉璃子的日子是有的。

嘻嘻地笑着，他跨進了一家南國風的飯店的門。餐桌上裝飾着典雅的東方色的膽瓶，瓶裏裝飾着十月的薔薇，薔薇的蕊裏揮發着小夜曲的幽味，

（薔薇的色呢？琉璃子的色呢？海上的秋風，海程的憔悴啊！）

嘻嘻地笑着，他在等着他的那位孫先生的桌上坐了下來，於是他嘻嘻地笑着說：

「你多早晚來的？」一個興致很高的夜遊者似地。

（琉璃子！我們第一次的幽會是以這兒的晚宴做開篇的，而這第一次幽會卻是我們的羅曼史第一站呢：

「很早就等着了嗎？」溫柔到銷熔我的心的聲音。）

嘻嘻地笑着，他把帽子遞到綠制服的侍女的左手裏邊，從她右手那兒接過菜單來，說：

「意大利絨湯；冷肉，德國式的；一隻炙雞，加蕃蘿和生菜；一隻腓力牛排；白汁鱖魚；

橘子布丁和一杯咖啡。』

又嘻嘻地笑着，把菜單送到侍女手裏：

『此外再給我要一大杯黑啤酒！』跟她擠了擠眼，一個都市的夜遊者那麼隨便地，輕薄地。

（一個都市的夜遊者那麼隨便地，輕薄地，擠了擠眼：

『看我的眼吧，牠們會告訴你什麼是熱情，什麼是思戀，什麼是我的秘密，什麼是我的嘴不敢說的話，什麼是我每晚上的禱辭。』

羞澀的夜合花似地，琉璃子低下了腦袋，在嘴邊藏着微笑。

於是，我嚴肅起來。

於是，我想：『我真的愛着她呢。』

於是，我，一個最拙劣的求情者似地，顫抖着說：『琉璃子，我真的愛着你呢，我可以發誓。」

（琉璃子啊！）

等她跑開了，又噓地把她叫了回來，綳着臉問道：

「怎麼你嘴角的黑痣今天格外迷人？」

便望着那撩人地跑去的侍女的後影，痛快地，大聲兒的笑了起來。

（牛排！除了性感，她們的愛嬌便等於零；西洋人真是牛排！祇有東方人是靈感的；琉璃子的婉約味在她身上連一點影子也不會有的。）

「今天你怎麼那麼高興？」孫先生在胡椒瓶上面看着他的闊嘴。

是的，潘鶴齡先生有一張在笑的時候瞧着很闊的，在沉默的時候就像一隻憂鬱的蚌蛤似地緊閉着的，四方形的嘴。他還有兩隻非常大的，老蘊藏着愁思似的眼，和低氣壓的濃眉，和在人前總是嘻嘻地笑着的，頑皮的臉。

「我老是那麼很高興的。你瞧我不是時常笑着的嗎？」

（時常笑着的，在憂鬱着的琉璃子前面，因爲要使她歡喜，使我自己歡喜。）

「嗳，眞的，你倒是時常很高興的人。」

潘鶴齡先生有一種喜歡人家讚頌他的樂觀性的癖性。聽了這句話，便隔着張桌子，黑啤酒的泡沫似地噴溢着自我解剖的話，和嘴裏的煙一同地：

「誰曾瞧到過我有那一天縐着眉尖？誰曾聽到過我的太息？沒有的！我是個性很強悍的人，眞的，我從不曾有過失望的日子，感傷的臉——那全是弱者的，敏感性的——

（失望的日子，感傷的臉自然也有，可是那是……那是什麼呢？是我的變態。往往在陰灰的天氣裏邊，或是睡眠不足的時候，那是生理的變態。本質地我是個強者。）

——我全不是那麼個人，我有頂澄澈的理智，頂堅強的意志，頂有節制的沉湎，我從不曾沉湎於任何東西裏邊，女人，戀愛，詩，哥加因，麻醉品，革命，愛國狂，領袖慾，或是自我摧殘的 Sentimentalism ……感傷主義是頂廉價的，弱者的情緒——的薄命感，不是她個人的。這是她的溫柔的美，東方的德，不是廉價的感傷主義。好幾次

（琉璃子不，琉璃子的感傷主義祇是東方女性的一種特性，在男子專制政體下

我磁怒地要從她家裏跑出來的時候，她是那麼可憐地跪到地上抱住了我的膝蓋啊。溫柔的鴿子！）

——我的過去就可以替我證明，單瞧我從沒熱情地戀過一個女子，單瞧我……

……」

聽着的孫先生狡猾地笑了起來：

「那一次跟麗娜鬧翻了，爲什麼跑到這兒來，喝醉了酒痛哭着呢？」

對於那麼尖銳的反攻，他有點兒給窘住了。憤激地吃了塊冷火腿，在湯裏撒下了胡椒，便紅着臉罵孫先生不該懷疑他的自我解剖，罵他不能瞭解他，縱然有了十二年

的友誼，說「祇有自己才是頂能瞭解自己的人，祇有自己頂忠實，頂熟悉的自我觀察者……」他又嘲笑孫先生的缺乏常識，說酒後的人的言語行爲是失態的表現，酒是有着誇大的功能的，醉漢很容易誇大自己的情緒：

「感傷主義是誰也免不了的，是本質的東西。我沒說自己是一點感傷性也沒有的人，不過成分不重罷咧。酒後的痛哭能決定人的個性嗎？你把酒後的，誇大了的，我的感傷主義來判斷我，這錯誤不也很有趣？不是其實我是很世故的。」

他反覆地跟孫先生申說着他決不會爲了一個女人而痛哭，說他是一個沒有眼淚的人，就是他有悲哀，他的悲哀決不是掉眼淚的悲哀，一個老於世故的人是沒有掉眼淚的悲哀的，引了許多例子，從各方面來證實他的話的眞實性。說完了那一大串話，從炙雞上面擡起腦袋來看孫先生的反應時，卻見他正擺着裴斯開登的撲克臉，在那兒等着他的紅燒鵪鶉。

對於那麼不算一回事的冷淡，他敏感地覺得難堪起來，便伏在餐桌上面瞧着自己的食巾沉默着。

（我也有悲哀嗎？也有感傷性的悲哀嗎？？？？？……爲什麼他不能瞭解我的自由呢，縱然有了那麼長的友誼？友誼？什麼是友誼呢？我眞的是感傷性的，敏感性的，像他所知道我的一樣嗎？其實，有的時候也有的！感傷性，敏感性，強悍的人，我究竟是怎麼個人呢？爲什麼每個人，連他也不相信我的自我觀察呢？爲什麼每個人全喜歡把自己的觀察做根據，把自己的意見做觀點來判斷我的個性，來瞭解我的個性啊！究竟是他們不了解我？還是我不了解自己？總之，他們不情願和我採取同樣的意見啊！他們甚至懷疑我的意見，懷疑我的話——眞的，人類是那麼不同的動物啊！我和他不同，他又和他不同，每個人全是那麼孤獨地，寂寞地在世上生存着啊。祇有琉璃子！琉璃子！琉璃子肯靜靜地坐在那兒聽我的話的。她能瞭解我嗎？她能瞭解我的，也許她不能懂我的話。可是，明天她要回國去了。琉璃子啊！在素質上，她是我的姊妹。明天，我的思想，我的見解，我的靈魂就會孤獨地，寂寞地生存在沙漠裏邊。琉璃子，在海上盛開着的青色的薔薇，沙漠裏的綠洲的琉璃子啊！）

侍女拿上咖啡來的時候，咖啡上的水蒸氣，一樣茫然地Traumeri 那紫色的調子，疲倦和夢幻的調子，又悄悄地從他嘴唇裏邊漏了出來。

三

在一間不十分大的書室裏邊，充塞了托爾斯泰的石膏像，小型無線電播送器放送着的『春江花月夜』普洱茶香蕉皮，煙蒂兒和煙捲上的煙，笑聲，唯物史觀，美國文化，格萊泰嘉寶的八寸全身像，滿壁圖書，現代主義，沙發，和支持中國文壇的潘鶴齡先生的一夥燻黃了手指和神經的朋友們。

談話的線索是這麽的：從拖鞋談到香煙，從梹榔牌香煙的獎金，談到航空獎劵，從航空獎劵談到卓別麟的悲哀，從卓別麟的悲哀談到勞萊與哈代，從勞來與哈代談到美國文化，從美國文化談到美國女人大腿的線條，談到嗣治的畫，談到拉斐爾前派，談到中古的建築，談到莎士比亞，談到屠格涅夫，談到碼雅闊夫斯基的花柳病，談到白濁的診法，談到穆朗診白濁的方法，談到現代人的悲哀，談到十月革命，談到小說的內容與技巧問題，談到沒落的苦悶，談到嘉寶的沙嗓子，談到沙嗓子的生理的原因，談到性慾的過分亢進，談到嘉寶的眼珠子，談到嘉寶的子宮病。

講到卓別麟的悲哀也好，講到中古的建築也好，每個人都會從這裏邊看到別人看不到的東西來。就拿嘉寶的沙嗓子這話題來做例子，聽聽他們的議論吧。

坐在窗口那兒的，咬着粗雪茄的現代主義的作家槃哲人先生說：「現代女子的可愛，多半在她們的沙嗓子上面。沙嗓子暗示着性慾的過分亢進，而性慾又是現代生活最發展，最重要的一部門，所以沙嗓子的嘉寶被廣大的羣衆崇拜着吧？」

「羣衆是有着潛伏的原始性的。原始人崇拜生殖器，有了文化的時期崇拜象徵生殖器的各種神，譬如東方人對於蛇的崇拜，中古時代崇拜十字架，莪德式的建築所以被中古人愛好着的就因爲她象徵着女性生殖器的門的構造方式，現代人的嗜好跳舞，嗜好滑冰，嗜好嘉寶的沙嗓子，還不是爲了跳舞和滑冰有着性交的快感，而嘉寶的沙嗓子引起了他們的衝動？現代人所以愛好嘉寶，正因爲她是一個在性慾最發達的年齡上的，一個典型的性慾特強的婦人罷咧。」弗洛特主義者的，尖臉的金仲年先生那麽地說了，便推了推眼鏡，異樣地笑起來。

異樣地笑着的，那感覺主義者的包咨先生太息了一下道：「如果在嘉寶前面我倒立了起來，用手在地上走着，她的嗓子該沙到霧那麽地朦朧了吧！現代人的畸形的心理的複雜性，衹能直覺地體驗，決不是那一種主義能解釋得了的。」

「對了，正因爲你們也有着畸形的，不健康的心理，你們的解釋也變成離奇到誰也不能滿意了。嘉寶的沙嗓子也有她的社會根據的。」綳着嚴肅的臉，戴着嚴肅的黑邊眼鏡的，唯物主義批評家的高仑德先生從社會的經濟基礎說到有閒階級的娛樂裏邊的性慾成分，說到騷亂的爵士樂和 Tap 舞，說到印象主義者的人體畫「對於明顯的性慾撩撥，現代的有閒階級是已經厭疲了的，他們需要暗示的神祕主義，在這樣的社會制度下，嘉寶有了詭異的沙嗓子是必然的事情。蘇俄是沒有沙嗓子的！」

「連沙嗓子也沒有的，那麼單調的社會啊！」潘鶴齡先生是需要一些幻夢的東西的。

站在書架旁邊正在端詳着一隻剝了皮的香蕉的黎尊先生猛的嚷了出來道：

「嘉寶的丈夫該是色癆患者吧？要不然，就是陽萎病患者！」

哄然地，全笑，

『如果琉璃子也有着沙嗓子，那麼老潘也該是陽萎病患者了吧！』

於是話題就轉到潘鶴齡先生的身上來了，從他的琉璃子談到他的人品，從他的人品談到他的作品，談嘉寶的沙嗓子和子宮病似地，使用着各人的智識，從各種不同的角度來批評他的小說集。他們從他的作品裏發掘了跟他所表現的主題完全不同的主題來。譬如說，在他寫的時候祇抱着一種抒寫初戀的蜜味的短篇『園』裏邊，榮哲人先生說他是在寫一個十八歲的處女的感情，高令德先生以爲是寫有閒階級的戀愛遊戲，包咨先生讚嘆着他的句法，黎尊先生說他祇是寫蒼蠅和初戀的關係，金仲年先生改正了榮哲人先生的意見：

『在「園」裏邊，很巧妙地，把處女期的女性生理變化在心理上的影響表現了出來。你當時是抱着這種思想寫的吧？如果是抱着這種思想寫的，那這短篇確實是成功了的。』

在那些紛亂地投射過來的，堅決的主張前面，潘鶴齡先生怔住了。他聽到他的自信，他的思想，他對於文學的理解，全部崩潰下來的聲音。愕然地望着那些在談論到他的別的作品的人們的臉，他吞了鐵釘似地想着：

（是他們的理解錯誤呢？爲什麼他們會從我的作品裏邊看出我從沒想到過的主題？爲什麼他們會從我的作品裏邊看出和我自己所知道的我的思想完全不同的思想？同樣的東西，在每個人眼裏便變成了一千種一萬種全不相同的東西。我要說的話，他們全沒聽到，他們聽到的卻全不是我要說的話。爲什麼呢？爲什麼？還是我的技巧的失敗！那又爲什麼我的作品能使許多人感動，能使許多人太息？而他們還那麼堅決地相信着他們各人對我的誤解！人和人中間的瞭解難道是不可能的嗎？我是生存在這世界上面，生存在這社會裏面，我的作品被許多人讀着，被許多人讚美着，使許多人流淚，而他們流淚並不是爲了我要叫他們流淚的思想，地方，和句子，卻是在那些我自己也不知道會叫他們流淚的地方。我旁邊有許多人，數不淸的人，我和他們說話，和他們一同地笑，和他們一同地太息，可是他們卻不懂我的話，我也不懂他們的話，他們爲了他們自己以爲可笑的事而笑，我又爲我自己以爲可笑的事而笑，他們太息他們的，我太息我的，而那些人又讚美着我的話，愛好着我的笑，甚至爲我的太息所感動——多麼可笑的事啊！）

看着那些在嚴肅地討論着的他們的臉，他嘻嘻地笑了起來。

『怎麼那麼好笑？』黎尊先生問。

『想到了一個很有趣味的笑話，就笑了出來。』望着一時靜默下來的他們說了那個笑話；『從前有一對夫妻，窮得利害，簡直連一天三頓飯也沒有把握。那天晚上，他們夫妻倆商量了半天，想有什麼法可以不窮，商量了半天便決定了到西山山腰那兒廟裏去求菩薩。在菩薩前面很誠懇地叩了三個頭的當天晚上，夫妻倆全夢見那尊菩薩跑來跟他們說，明天早上起來，後門門檻那兒有三顆珠子，去檢了來要什麼東西，祇要把一顆珠子往天上一扔，嘴裏說一聲要什麼，便會從天上掉下來。第二天起來，後門門檻那兒果真有三顆珠子。檢了那三顆珠子，夫妻倆便商量着要什麼好。男的說要這個，女的說要那個，兩個人說着說着爭了起來，那男子越爭越氣，把自己手裏的一顆珠子往上一扔，道：「要這個！要那個！給你雞巴！」不料那麼說了一聲，天上掉下來數不清的雞巴，堆滿了一屋子！」

聽着的人們不由全笑得倒在椅背上。

（笑？笑是什麼呢？而他們全那麼滑稽地笑着！可是誰也不知道笑是什麼東西！你笑你的，我笑我的，誰也不知道誰究竟在笑什麼。人是精神地互相隔離了的，寂寞地生活着的！）

潘鶴齡先生一邊那麼想着，一邊也哈哈地大聲兒的笑着說下去道：

「那女的白了男的一眼，怪他不該那麼粗魯，隨隨便便的掉了一顆寶珠，還弄了一屋子雞巴，想了一想就把自己手裏的一顆珠子往上一扔，說：「去你的，雞巴！」她想還有一顆珠子可以留下來要錢的。那麼一來，果眞一屋子的雞巴全沒了，心裏正在爽朗起來，忽然他的丈夫殺猪似地嚷了起來道：「怎麼好？我的也沒了！」沒有辦法，祇得用最後一顆珠子把丈夫的雞巴要了回來，還是安分守己的做人。」

笑聲要爆破了屋頂飛出去似的。

講完了笑話，嘻嘻地笑着的潘鶴齡先生坐在那兒靜靜地想：

（人眞是那麼古怪，那麼的可笑的動物。他們說話，他們笑，他們叫我老潘，他們知道我是潘鶴齡，他們是我的朋友，可是他們不知道我是誰，精神地我是個陌生人。寂寞啊！海樣深的寂寞啊！說文學是溝通靈魂的工具，可是從小說裏邊認識了的，我的靈魂是怎樣的靈魂哪。要是琉璃子能讀中文寫的東西就好了。她是我的影子，她是我的妹子，她是忠實於我的！琉璃子啊！琉璃子啊！）

他忽然站起來，走到笑得椅子往後邊傾斜的金仲年先生旁邊，把他的椅腳踹了一腳。

金仲年先生又巴着胳膊腿，大聲地叫着倒了下去，他便一個最無聊的人，一個孩子似地笑了起來。

「那又是什麼意思呢？」那麼地想着。

四

「那又是什麼意思呢？」

痛楚地揪着自己的頭髮胳肘靠到膝蓋上面，身子往前撲着，潘鶴齡先生坐在黑暗裏，解不出方程式似地想把他的腦神經一條條地抽出來。

一生到地上，他就明白人是有兩條腿，有嘴，有眼，有耳朵鼻子的動物。到十六歲，他明白人生，就是吃飯，睡覺，娶老婆，生兒子，或是做些不朽的事業，因此便把自己獻給了Nuse。到二十歲，他讀了許多書，他知道超人哲學，悲觀主義，佛法，唯物史觀，中庸之道，他知道政治是政治，蚊子是蚊子，什麼是什麼。可是，今天他忽然什麼也不明白起來，他不明白人是什麼，人生是什麼，蚊子是什麼。

（批評家和作者的話是靠不住的；可是讀者呢？讀者就是靠得住的嗎？讀者比批評家和作者還靠不住啊。他們稱頌着我的作品的最壞的部分，模倣着我的最拙劣的地方，而把一切好處全忽略了過去。他們盲目地太息着：『你的作品感動我了。讀第一遍，牠們叫我流淚，第二遍，牠們叫我太息；第三遍，牠們叫我沉思。』可是問一問他們吧，究竟什麼東西叫他們流淚，叫他們太息，叫他們沉思呢？他們會說：『你書裏那個可憐的舞女的命運。』或者說：『你書裏那些優美的感傷的句子！』甚至有人會說：『爲了你的名字，」那麼莫名其妙的話。也許過了幾十年，幾百年，幾世紀，會有人眞的懂得什麼是什麼吧？可是我們所理解的浮士德，神曲，希臘的悲劇，Hamlet，也和前幾代的人所理解的一樣不成？也和那些原作者要我們理解的一樣不成？文學作品是可以被人們理解的嗎？人是可以被人理解的嗎？我們所看到的理解祇是一種以各人自己的度量衡來權量別人的思想以後所得到的批評。那是爲什麼？那是理解嗎？人們爲什麼有權利拿自己的度量衡來權量別人的思想？可是我又有什麼權利叫人家不拿各人自己的度量衡來權量我的思想？有什麼權利可以要求人家理解我的思想？人是可以自由地要求這個，要求那個的嗎？自由這東西眞的是有的嗎？爲什麼我不能自由地做一件事，自由地求我的私生活？許多小報把我的私生活記了出來，還把他們的道德律來責備我，他們祇知道責備我的行爲，而不能理解我的內心，而且是用他們的道德律。而且是那麼地誇大了的啊！他們有什麼權利那麼地做呢？誰允許他們那麼地做呢？我又有什麼權利不准他們那麼做呢？我順從了他們的道德律，順從了他們的習慣抽一枝煙，抽得比他們更是他們的，他們就誇贊我偉大，就崇拜我，讚美我。祇要違反他們的道德律，違反了他們的習慣，就是一眏眼也會受到他們的唾駡，他們的攻擊，非要把我放在脚下踐得枯葉那麼扁不成。那又是爲什麼？我順從他們的習慣抽煙，他們讚美我，並不是讚美抽煙得好，而是讚美我順從他們的習慣。他們要求我順從他們，甚至於強迫我；他們給我一個圈子，叫我站在圈子裏邊，永遠不准跑出來，一跑出來就駡我是社會的叛徒，就拒絕我的生存。我爲什麼要站在他們的圈子裏邊呢？不站在裏邊又站在那兒呢！）

「站在那兒呢？站在那兒呢？」

抬起腦袋來：在黑暗裏邊，桌上有着黑色的筆，黑色的墨水壺，黑色的書，黑色的石膏像，壁上有着黑色的壁紙，黑色的畫，黑色的氈帽，房間裏有着黑色的牀，黑色的花瓶，黑色的櫥，黑色的沙發，鐘的走聲也是黑色的，古龍香水的香味也是黑色的，煙捲上的煙也是黑色的，空氣也是黑色的，窗外還有個黑色的夜空。

（？？？？？？？？？？）

全身的毛孔覺到霉天那麼的壓迫感，把腿移了一移，透不過氣來似地再接下去想：

（站到那兒去呢？那兒都是寂寞的！人在母親的胎裏就是個孤獨的胎兒，生到陌生的社會上來，他會受崇拜，受責備，受放逐，可是始終是孤獨的，就是葬在棺材裏邊的遺骨也是孤獨的；就是遺下來的思想，情緒，直到宇宙消滅的時候也還是孤獨的啊！絕對的人和人中間的了解是不可能的事，縱然有友誼，有戀——戀也祇有相對的了解。人類的心眞是宇宙的祕密，宇宙的謎呢。沒有互相瞭解的人，祇有本質地互相類似的人……琉璃子！互相類似的人中間有戀……琉璃子！琉璃子啊！沒有琉璃子，我會枯死在這寂寞的人的沙漠裏吧？琉璃子，琉璃子，盛開在沙漠裏的薔薇的琉璃子，響着遼遠的愁思和戀情的琉璃子，靠在我肩頭的時候有着蔚藍的心臟的琉璃子……）

他站了起來，往門外走去：

「祇要不寂寞，還是到東京去做一個流浪者吧。」

五

穿着Pyiama的琉璃子正卸了綿緞的鞋子預備躺到牀上去，瞧見蓬散着頭髮跑了進來的，憔悴的潘鶴齡先生，不由嚇了一跳。

「什麼事呢？」

「琉璃子！」跪到她脚下，抱着她的腿，抬起腦袋來望着她，她眼珠子裏邊有一些寒冷和一些憂鬱，而在這寒冷和憂鬱裏邊有一些溫煦，一些樸實的香味。

「什麼事呀？」

琉璃子暗地裏擔憂着：別是他碰到了剛才從她房裏跑出去的，那個音樂師，菲列濱人羅柴立，褐色的羅柴立，所以擺着那麼憔悴的臉，來跪到她脚下，流一些淚，哀怨地說一些責備她負心的話，而和她決絕了，各走各的路。便抱住了他的腦袋，把他的臉貼到自己胸前，柔聲地問着，一面卻偸偸地瞧瞧房裏有沒有羅柴立遺下的東西，一面在心裏：「如果眞的他發覺了我的不忠實，預備和我決絕的時候，再在地上躺一回，抱着他的脚，哀求他再饒恕我一次吧。這儒弱的老實人一定會憐憫我的。」那麼地思忖着。

「讓我和你一同到東京去吧，琉璃子！」他覺得在他的臉下有一顆蔚藍的心，沒有偏見的天眞的心。

「啊！」太息了一下，爲了放下了心的歡喜，她抱住了他，把花一樣的嘴唇溫柔地吻着他了。

在酒味的嘴唇裏，意外地有了煙味，辛辣的吉士牌的煙味。那煙味電似地刺激着他的記憶，一個印象，一個聯想古怪地浮了上來，直覺地，連他自己也莫明其妙地。他看見吹色士風的，那個嘴角老叨着吉士牌的菲律濱人站在他前面；他看見他邪氣地歪戴着氈帽走進這屋子來；他看見琉璃子蛇似地纏到他身上；他嗅到熱帶人的體臭——這體臭像是琉璃子身上的。於是他推開了她的臉，站了起來道：

「琉璃子，你是忠實於我的吧？」

「像你的影子，一樣忠實於你的。」

「直到今天？」

她也站了起來，柔弱的花枝似地掛到他脖子上面：

「你爲什麼要那麼地問我呢？」

「爲什麼你的嘴裏有着吉士牌的煙味呢？」

她的眼珠子狡猾地溜了一下道：「許是你的錯覺吧！」

「眞的嗎？」

「眞的。」

「不會騙我吧？」

她微笑着點了點腦袋，又把嘴唇貼了上去。

「如果是騙我，還是把眞事說給我聽吧，我可以原諒你的。對於我，欺騙是比不忠實更不能忍受的啊，琉璃子！」

「我不會欺騙你的。」

忽然他覺得在他後邊兒那隻圓桌上面有隻煙盒，便推開了她，囘過身去，卻見那桌子上眞的有一隻半開着的，皮製的煙盒，盛着十多根吉士牌。誰在他心裏拔了顆牙齒似地苦痛着。

（假在我胸前的璃琉子也一樣假在別人的胸前；她對我說：『像你的影子一樣忠實於你的，』也對別人說：『像你的影子一樣忠實於你的，』她在我的肢體的壓力下，也呈着柔弱的花朵的姿態，在別人的肢體的壓力下也呈着柔弱的花朵的姿態；她在我的肩頭，有着溫存的，蔚藍的眼珠子，她的心臟的顏色的眼珠子，在別人的肩頭，也有着溫存的，蔚藍的眼珠子，她的心臟的顏色的眼珠子；她的遼遠的戀情和遼遠的愁思是屬於我的，可是也屬於別人，屬於二個人，三個人，幾十個，幾百個，幾千幾萬個人，不，是屬於每一個生存着的人的。琉璃子，我的憧憬，我的希望，我的活力的琉璃子，不是我的，而是每一個生存着的人的！）

他憤怒地喊了出來：『琉璃子！』

琉璃子垂倒了腦袋，要流下淚來的樣子。

『他是誰？』

『褐色的羅柴立。』

『無恥地做了非律濱人的情婦嗎？』

『……』緊緊地抱住了他，眼淚斷了串的珠子似地掉了下來。

『你不愛我嗎？你對我說的話全是假的嗎？你的……你的……全是欺騙嗎？』手指嚙着她的肩頭，要把她的腦袋搖下來似地搖着。

她祇是悄悄地流着淚。

『你說……你說……你爲什麼不說！』咬着自己的牙。

『我是深深地愛着你的。如果你不能原諒我，那麼你打吧，你打吧你打死我吧！』可憐地，閉上了眼珠子倒在他懷裏。

『你騙我！你騙我！』

『再不相信，還有什麼法子呢？請剖開我的胸膛，把我的心臟拿出來瞧一瞧吧！』

「那麼，他呢？那個菲律濱人，那個亡國奴呢？你愛着我也愛着他嗎？」

「你能原諒我嗎？」捧着他的腦袋望着他。

「淫婦！賤價的狗！不要臉的！吻着我也一樣吻着別人！和我一同地睡在這張牀上，說着要銷溶我的心的，溫柔的話，就在這張牀上，你又在別人的耳朵旁邊說着「擁抱我吧」的話！畜生！淫賤的畜生！」

「原諒我啊！原諒我啊！」

他不作聲。

過了一囘，他太息了一下，把她放在牀上：

「如果你肯講眞話，我爲什麼不原諒你呢？現代人的血液裏邊，不會有多少原始人的嫉妬的血輪的遺留的。可是，對於我，欺騙是比失節更不可忍耐啊，琉璃子！」

（生理的失節給我的不過是淺薄的妬忌，可是靈魂的失節，琉璃子啊，是會使我變成遊魂的。保持着你給我的記憶中的印象吧！你是應該以我所想像，我所知道，我所認識的琉璃子的姿態生存着！別讓我知道你的靈魂的不潔，和你的靈魂的卑鄙吧！）

「請原諒我吧，那是在一個酒醉的晚上，醉得我彎了腿走路的一個晚上，他送我囘來，就做了我的情夫。」

「以後呢？」

「以後因爲已經失了節，也就沒有法子了，而且他時常送錢給我，——爲着生活呢！」

「那麼你一點不愛他嗎？」

「一點不愛他！」

「一點不愛他——

（欺騙着他爲了他送她錢用。爲了我也送她錢用，她也欺騙着我，直到今天。爲了生活，她出賣靈魂的崇高性，靈魂的信實；爲了生活，她欺騙我；爲了生活，她欺騙一個有着誠摯的心臟的男子。在我記憶裏邊潔淨的琉璃子原來是我的錯覺——那麼地卑汚的，世俗的人……）

——琉璃子！」他絕望地喊。

「你別扔了我！你不能離開我的，我是那麼深深地愛着你啊！」萎謝的聲音。

「我答應你。」

她把那隻皮製的煙盒恨恨地扔到窗外，把嘴湊到他的嘴上，嘴角透出笑意來，笑意裏邊重又閃着生命的光澤。

「頑皮的！」在她的嘴上他又嘻嘻地笑了起來。

（她靜靜地聽着我的自白，裝作一個我的瞭解者，是爲了生活：她現在那麼吻着我，也是爲了生活。她的遼遠的戀情和遼遠的愁思和蔚藍的心臟原來祇是一種商標，爲了生活獲得的方便的商標。而她是那麼地欺騙了我，在我前面，和在別人前面一樣地矯裝着……）

『爲什麼不替我脫Pyiama呢？』發膩的聲音。

於是他嘻嘻地笑着，老練地給她脫了Pyiama，脫了Corset。

（她說深深地愛着我，現在那麼說，從前也那麼說，麗娜，蓉珠，月舫，Anna，麗琼，許多人全那麼說過，可是她們眞的戀過我嗎？如果沒戀過我，她們爲什麼要說那樣的話呢？爲什麼要欺騙我呢？沒有欺騙，人生就不能存在嗎？欺騙！什麼都是欺騙！友誼，戀情，藝術，文明，……一切粗浮的和精細的，拙劣的和深奧的欺騙。每個人欺騙着自己，欺騙着別人……）

在他的臉下有着發光的眼珠子和發光的牙齒，而琉璃子的手臂又倔強地纏住了他的腰支；他輕輕地說：『小淫婦！』嘻嘻地笑着。

（……還說我瞭解自己，也瞭解別人。這就是文化，就是人類，就是宇宙！每個人都把自己放在最前面，放在一切前面。我愛琉璃子，是爲了我自己，而不是爲了她。她也爲她自己而出賣我對她的忠誠。一個人和我交朋友是爲了他喜歡和我交朋友，而不是爲了我喜歡跟他交朋友。讀者爲了要娛樂他們自己，爲了要在你作品裏邊找出他們自己喜歡，他們自己需要的東西來讀我的書。每個人都根據了自己的見解去分析一件事，去觀察一個人，去批評一個人。一個人所以能同情一個死了父親的孤兒，一個失了戀的人，就因爲他自己也許會失去父親，失去戀人。爲什麼人類中間充滿了自私？）

『你脊梁上面全是汗，留心着了涼。』琉璃子把錦被拉到他肩頭上面，枕着他的手臂睡了。

他在閉上了眼皮的琉璃子的林檎色的臉上吻了幾下，又接下去想：

（要人家不自私，那不是我的自私嗎？那裏才有不自私的，真的人類呢？祇有母親是不自私的。偉大的母親啊！回家去吧！家園裏該有了新鮮的竹筍了吧。家園裏的陽光是親切的，家園裏的菊花是有着家鄉的泥土味的，家園裏的風也是秋空那麼爽朗的。而且家園裏還有着靜止的空氣和沈默的時間啊！）

琉璃子已經睡熟在他身旁。

他輕輕地抽出了自己的胳膊，走下牀來，撫着發熱的腦門，一個病了的老人似地，低着腦袋走了出去，走過一條條黎明的街，回到自己的屋子裏，整理了一下箱子，便忽忽地去趕八點四十分的特快通車。

六

病後的潘鶴齡先生，每天五點鐘便起身，往田裏去溜躂溜躂，也幫着耙幾塊土，坐到樹根下跟老實的莊稼人談談話。在這些貧苦的，祇求保持着最低限度的生存的，穿着襤褸的藍褂的人們中間發見了一顆顆眞實的心，眞的人類。他們辛苦地耕種着，他們都情願使自己吃苦，而讓他們的父母妻子們幸福；他們的妻子偸了人，他們會野獸似地拿了耙把她砍成五六段，可是自己偸了別人的妻子，也從不抵賴，從不擺出感傷的臉來。是的，人性是在他們裏邊。看吧！

有一天，在離開他家半里地兒的一座村裏的稻草堆燒了起來。許多赤脚的人從四面的田野跑過去，挑着一擔擔的水。他沿着河邊的小河走去，走到那邊，祇見好幾間屋子已經燒了火了。一個年青的莊稼人，有着一顆蒙古人的圓腦袋的，急急地跑了來：

「我的媽呢！她病在牀上啊！」

「誰敢進去背他出來呢？」

他不說話，看了看火勢，便想撲進去，卻給他的妻子攔住了：

「撲進去不是一同死在裏邊嗎？」

他推開了她：

「不會的！就是死在一起，我是吃她的奶子吃大了的。」

便撲了進去。跟在他後邊，牽着他的衣襟她也撲進去了。

在旁邊瞧着的潘鶴齡先生擺了擺手，流下眼淚來。

那晚上，望着帳頂，他失眠了。他想：爲什麼那些過着原始生活的人們有着那麼純厚的感情呢？他們有恨，他們有愛，有同情，一些眞的恨，眞的愛，眞的同情。他們的人性是像酒那麼濃冽的。可是卻過着牛馬似的生活啊！爲什麼那樣的人倒過着最低限度的生活，而一些狡猾的，僞善的人卻有着一切生活上的奢侈和舒適？在這樣的，具有眞的人性的眞的人類的社會中間不會有欺騙，有偏見，有隔膜了吧？爲那些人努力也是值得的吧？

忽然，他對於十月革命，神往起來。

家園裏半個月的培養，在他的臉上消失了浸透了黃昏的輕愁的眼珠子，在他嘴上消失了Traumeri，那紫色的調子，疲倦和夢幻的調子，在記憶上消失了遼遠的戀情，遼遠的愁思。在精神上和生理上，他變成了健康的人。

所以：——

「生兒子有什麼用呢？每年不寄錢囘來，還從家裏拿出去用，害了病倒知道囘到家裏來的。」

「當初原希望他好好兒的成家立業，不料他現在連媳婦也不肯好好兒的娶一個。」

「還是把培植他的那些錢，那些心血放在銀行裏邊，到今天倒也可以舒舒服服過下半輩了。」

「可不是麼？」

「這應該你做母親的跟他說的，我們全老了，做不動了，他也該好好兒的拿定心做人了。」

那天晚上聽見他父親和母親的那番對話，第二天早上就：「在我們這社會裏，父親和母親原是把子女當搖錢樹的。」那麼地想了一下，便收拾了行李，堅決地走了。

七

一個穿着敝舊的夾袍的，二十七八歲，眼裏暴着許多紅筋的人衝了進來，把張着嘴正睡得香甜的潘鶴齡先生推了幾下道：

「一點多了，還不起來？」

揉着眼皮的潘鶴齡先生瞧了他半天，才睜開眼來問：

「怎麼了？」

「鬥爭已經發動了，很順利。你也睡夠了，快去吧，那邊祇有老汪和老孫在那兒。」

潘鶴齡先生掙扎着爬起來，把放在椅子上面的棉袍披上了；問「現在幾點鐘了？」

「一點多了。這次羣衆的鬥爭情緒很高，好好兒的幹下去吧。我三晚沒睡了，讓我在你牀上睡一回吧。」那人一面脫衣服，一面打着呵欠躺下去：「他們雇了好多流氓預備來打工會，我們糾察隊已經組織起來了，你去想法子把機關護衛一……」說着已經打起鼾來。

潘鶴齡先生抹着眼走到街上，嘻嘻地笑着坐到電車裏邊，想到廣大的羣衆在那兒指揮，想到他是被幾萬有人性的人愛戴着，連脚尖也愉快起來。

（許多許多的工廠張着大口，從煙囪裏吐着氣，肚子裏邊巨大的機器騷動着，每天早上把幾萬個人吞進去……

我說：「把機器關了！」

幾萬個人全把機器關了。

我說：「跑出工廠外面來！」

幾萬個人全衝了出來。

於是幾方里裏邊的工廠全死了。

於是有一天，來了許多警察，抓住了他的領子，給他上了鐐銬。他要坦然地跟了他們去。數不淸的會跟在他後邊：

「潘鶴齡萬歲！」

他們會那麼地喊着，他們會從他們簡單的心裏邊流出淚來，爲了他，爲了他……

……）

他跳下了電車，走進了一條骯髒的胡同，在第五十四家掛着孩子的屎布的門口跨了進去。屋子裏擠了很多人，老汪正在那兒忙着寫第二十三隊糾察員名單，還有幾個在寫標語，一個夜校裏的學生也扛了枝大筆伸長着手在一張白紙上面畫着蝌蚪那麼的字：

「必然反對妥協路線！」

一個腿裏插了把尖刀的大漢坐在一堆斧子旁邊，自由自在地唱泗洲調。老孫正在那兒抽着煙，苦思着「告各界人士書」，瞧見他進來，連忙招呼他過去：

「我們來商量一下吧，我腦子混亂得很。」

他剛坐下去看他的寫了一半的「告各界人士書」，猛的外面亂雜的喊起打來。他擡起腦袋來問「是什麼事」時，唱泗洲調的那個大漢已經拾了把斧子跳了出去。

「不相干的，多半是他們雇用的突擊隊來搗毀我們的工會吧；我已經佈置下十五個護衛了。」老孫那麽地說了，便和他一同跑到門外去瞧。

胡同口那兒有七八十人，全拿了傢伙在亂雜雜地擁進來，這邊的護衛已經統打翻在地上了。

「不行，我們還是拿了文件往別處避一下吧。」

兩個人剛想跑進來，卻見每一間屋子裏邊全亂雜雜地跑出許多人來，有拾着竹掃帚的小媳婦子，拿着火鉗的老太婆兒，高高地舉着門閂的年青人。一大堆小孩子也捧了大石頭跑過去，還有個老頭兒拿着煙管把銅煙斗衝在前面，喘吁吁地罵：

「揍這夥小子！」

一面兒便和擁進來的人揪打在一起了。

潘鶴齡先生忍着眼淚道：

「羣衆的熱情眞是可以感謝的。」

八

第四天晚上十二點鐘。

『開門！』

潘鶴齡先生朦朦朧朧地問道：

『誰呀？』

越加搥得急了：『快開門！』

開了門祇見站在門外的是兩個警察，一個便衣的，和那天來拖他起身的，穿着敝舊的夾袍的人。

『是他嗎？』那個便衣的指着他問那人。

他心裏想：『是來抓我的嗎？爲什麼祇兩個警察。完全不像抓個要犯的模樣。』

那人蒼白着臉道：『是他。』

『値價些，跟我們走吧。』便衣的毫不在乎地說。

他急急地扣上了鈕子，把兩隻手伸了出來：

『上銬嗎？』

『不用了！』

『他們以爲我是那麼容易捉的人！』微微地感着侮辱；跟着他們走到門外，門外停着輛汽車，街上一個人也沒有。

他冷淸地跨上了汽車。

（捉一個人是那麼平常的事嗎？手銬也不上，祇有兩個警察，捉一個區委？如果白天到工會來捉我，該是多麼詩的場面啊！上了手銬，十二個警察，鎗全上了刺刀，便衣偵探們全穿了鋼馬甲，許多人瞧見我跨上汽車，和這無恥的叛逆者一同地，我坐在他對面我看着他，他慚愧地低下腦袋去……）

他擡起腦袋來，凌然地望着對面的叛逆者，那人也擡起腦袋來，動也不動地坐在那兒望着他。

（還不慚愧得低下腦袋去嗎？還那麼坦然地望着我嗎？無恥的叛逆者！你動搖了，你屈服了，你無恥地投降了，你知道嗎？你是不能那麼坦然地坐在我對面，望着我的。你應該紅着臉，一個死囚似地在我前面懺悔的，而且不許高聲地懺悔，應該像一個口吃人一像，在我前面瑟縮地說着懺悔的話！你知道嗎，無恥的叛徒？因爲你出賣了組織，出賣了朋友，出賣了三萬五千人的權利；因爲你辜負了三萬五千人的信託，三萬五千人的熱情。這是一種罪惡，你知道嗎？你還那麼坦然地看着我？，我三萬五千人會爲了我的被捕而從心裏流出眼淚來，出獄的時候，三萬五千人會爲了我的釋放而從心裏流出眼淚來，他們會放着爆竹接我回去，而你，你是會受到他們的唾罵，他們的輕視的！祇有羣衆是忠實的！不會動搖的，他們知道誰是誰，他們會感激，會報答於他們有恩的人，也會攻擊他們的叛逆者。瞧瞧那天突擊隊衝進來時的場面吧！）

汽車停了。他走了下來，跟他們走進一座屋子裏邊。他聽到皮鞭抽到肉上爽辣的聲音，聽到喊媽的聲音，也聽到一個隱約的，咬住了牙齒的，沉着的哼唧聲。他也咬住了牙齒，想：

「好吧！羣衆會知道我的。」

坦然地走進了他的牢房。

九

半年後，跛了左腿，有了一個光腦袋的潘鶴齡先生走進了一間一樓一底的屋子悄悄地踮着脚尖走上了扶梯，在亭子間門口悄沒聲的聽了一回，猛的推開了門，跳了進去嚷道：

「我囘來了！」

裏邊坐着的五個人全給嚇得跳了起來，看見是他，全擺着詫異的臉色問道：

「你還活着嗎？」

「當然活着！」

他們聽了這話，全不作聲，靜靜地坐了下去。

(怎麼一點表示也沒有呢？)

「我還是我，不過跛了一隻脚罷咧。」

還是不作聲，靜靜地望着他，望了半天，裏邊的一個說道：「那麼你投降了，無恥地投降了！」

他差一點跳了起來：

「你們居然這麼懷疑着我嗎？」

「是投降了，也不必抵賴；策略上你的投降於組織是有利的，祇要你現在再回到組織裏來，忠實於組織……」

他跳起來。

（算了！算了！可是羣衆會知道的！羣衆不會忘記了我的！）

一句話也不說地跑了出來，跳上了電車。

（試一試吧，你們可以懷疑我，羣衆不會懷疑我的。羣衆知道誰是誰！羣衆不會拋棄我的。）

下了電車，他急急地走着，走着，走到從前每天去的那條胡同裏邊，腦袋上面還是掛滿了尿布，牆根那兒還是焦黃的尿跡，牆上還是畫滿了烏龜，許多人還是亂雜雜地不知在做些什麼。他向每一個人笑着。

（我囘來了，你們知道嗎？我囘來了，囘到你們這裏來了！）

可是沒一個人理他，沒一個人招呼他，就像不認識他似地。他走到他從前時常去的一個人的家裏，坦然地跑了進去，祇有一個小媳婦子在那兒倒摟着一個孩子給抹屎，見他進去，擡起腦袋來道：

「你找誰？」

「對不起，我走錯了。」頹然地退了出來。

他走着走着，跛着一條腿，和一個光腦袋一同地，茫然地望着天。他想：

「這是什麼呢？這些，那些，全是什麼呢？全是什麼意思呢？」

對面來了桑哲人先生，瞧見了他，一把拖住了他：「你嗎？你在幹什麼？半年沒瞧見你，文章也不寫，人也找不到，你究竟在幹什麼？」

他望着他，一個白癡似地，嘻嘻地笑了起來。

No. 0367

白金的女體塑像

實價七角

著作者　穆時英
發行者　洪雪帆
印刷者　現代印刷公司
出版者　現代書局

總發行所　現代書局　上海四馬路

分店　南京　北平　廣州　漢口　杭州　重慶　九江　廈門　開封　鄭州　福州　洛陽　成都　汕頭　雲南　貴陽

1934　7,20，初版

1—1500冊

图书在版编目（CIP）数据

白金的女体塑像 / 穆时英著. -- 天津：百花文艺出版社, 2021.1(2024.1重印)
(现代文学名著原版珍藏. 第三辑)
ISBN 978-7-5306-8022-3

Ⅰ. ①白… Ⅱ. ①穆… Ⅲ. ①短篇小说-小说集-中国-现代 Ⅳ. ①I246.7

中国版本图书馆CIP数据核字(2020)第250989号

白金的女体塑像
BAIJIN DE NÜTI SUXIANG
穆时英 著

选题策划：唐冠群　　**美术编辑：**张振洪
责任编辑：胡晓童
出版发行：百花文艺出版社
地址：天津市和平区西康路35号　　**邮编：**300051
电话传真：+86-22-23332651（发行部）
+86-22-23332656（总编室）
+86-22-23332478（邮购部）
网址：http://www.baihuawenyi.com
印刷：宝蕾元仁浩（天津）印刷有限公司
开本：787×1092毫米　1/32
字数：94千字
印张：7.875
版次：2021年1月第1版
印次：2024年1月第4次印刷
定价：25.00元

如有印装质量问题,请与宝蕾元仁浩（天津）印刷有限公司联系调换
地址:北京朝阳区西坝河南路6号西座102室
电话:(010)84498866 邮编:100028